JN105597

天空の神殿

タワー・オブ・ザ・サン

太陽の塔の下で

Tower of the sun
HIGUCHI Nobuyuki

ヒグチノブユキ

文芸社

神主さんは袴がひらひら

八幡様 弁天様 お祈りします

お神楽さんは笛がピーピー あの娘は笑ってるかな

お守りは二つ買ったよ 高天原で会えますように

ノアの箱舟が来たら乗せてね あの娘のところまで

ノアの箱舟が来たら教えてよ あの娘の気持ちも

僕は恋してるんだよ 赤い鳥居の下で

The priest walks solemnly with his hakama trailing

Hachiman-sama Benten-sama recite the norito and offer the tamagushi

In the precincts where I can hear the kagura

The image of that girl comes back to me

I bought two amulets

Hoping to be united in Takamagahara

Take me away UFO to the shrine in that girl's town

Please deliver me UFO to the shrine near that girl

I fall in love again

Under the red torii gate

序

　一番大切な約束は言葉では交わさない。
「神聖な神のものがたり」がそうであるように……。
　ある時、地球上において、ある人が、
　人智を超えた存在である叡智「アカシックレコード」か
ら天啓を得る。
　そうすると、その人は偉大な師メシアに変貌する。
　なぜそうなれるかというと、
　太陽の神話の教えを伝えるからだ。
　そしてひとつの宗教が生まれる。
　幾千年たって、
　人類は少しだけ進歩する。
　そこで別の教訓が必要になってくる。
　そして別の人が、
　同じスピリチュアルな存在によって天啓を得る。
　こうやって、
　新しい師「マスター」と新しい宗教が生まれる。

でも、

すべての宗教に霊感を与えているのは、

同じスピリチュアルな存在である。

新たにその進歩と人類の必要に応じて、

別の教訓を広めるために別の人が選ばれる。

そして、

人々はその名前に混乱をきたし、

宗教戦争を引き起こすまでに至る。

でも、

それがすべて愛であるその偉大な精神と、

愛によって道を照らすために送られてきた師「マスター」を、

どれほど深く傷つけるかということを、

まったく理解できないでいる。

タウトの椅子をめぐる物語のように、

神から座る人は選ばれる。

建築の中にもそれはある。

もくじ

第1章—新しいページ

FDA181/JAL3491

　初夏の早朝の空港。

　昨夜から出発時間ギリギリまで原稿の締め切りに追われた。

　初めて大手出版社から出版が決まった。出雲神殿について書き上げて夜が明けた。こうなることを予測して荷造りは数日前に終えていた。

　山の上にある空港をめざす。

　どの地方都市でも失敗作が多い。その理由は、知事がテレビにたびたび登場する憧れの文化人から、

「これからは空港くらいないと……」

　と言われて本気になり、国と交渉を繰り返し悲願の施設をつくったためだ。

　地元の人たちからこの話を聞いた時に、そんなもんだろうと思った。全国の地方都市ではこんな茶番劇がくり返されている。民衆は毎日の生活にさえ苦しさをおぼえているのにである。

　Öe———————————が止まらない。

　思わずトイレへかけ込んだ。ただただ……叫びたいのである。

「Öe-----------------------------------」

　と。

　理由はわからない。待合室の椅子に座っていてこうなった。不審者と思われるのをさけるために、個室で叫んだ。

　搭乗手続きをする。晴天である。窓から富士山を見下ろす。徹夜明けにしては晴れ晴れとした気分であった。

　何かが始まる予感……がしていた。

　何かこれまでの未解決のテーマ、課題の解決へ向けて潔斎するような……そんな旅になることを予感した。

2022年6月3日

　初夏だった。

　"出雲縁結び空港"から送迎バスに乗り込んだ。

　いつもの大社である。毎回、両手いっぱいひろげて待っていてくれる。広い敷地全体で迎えてくれる。感じる、身も心も出雲の大地に包まれる。

　和装の女性である。

　第一印象は――オーラがキラキラしている――であった。淡い桃色、その周囲にゴールドの「氣」オーラが彼女の身体を包んでいる。白地に錦糸、日傘から透けてとおる光によく映える。光陰の妙である。

「美しい……」

　と思わず口からこぼれる。出雲で道先案内役を務めてもらう。

　出雲での日々が終わり、いつもの日常へ戻った。久しぶ

りに事務所へ出勤しデスクで出雲の写真を眺めていた。アシスタントがのぞき込み、

『この人、特別な人ですよ……先生にとって……』

　写真の中のひとりを見返す。

「たしかに……」

　この頃からである。"ツインソウル"、"ツインレイ"という言霊とシンクロする。

夜久毛多都

　建速須佐之男 命は宮を造るための土地を出雲の国に求めたという。そして須賀の地にたどり着いた。

「この地にやって来て私の心はすがすがしい」

　と言って、その地に宮をつくって好んで住んだ。その地は今、"須賀"と名付けられている。この大神が初めに須賀の宮をつくった時に、そこから雲が立ち上った。それで思わず歌を詠んだ。その歌は、

　　八雲立つ　出雲八重垣　妻籠に　八重垣作る　その八重垣を

　その宮を訪ねて、私と彼女ふたりで「八重垣神社」を訪れた。彼女の和装が"神の森"によく映える。

「八重垣」は実際に幾重にも垣を張り巡らせるということではなく、「八重垣作る」は新居をつくることを意味することを知った。それゆえ長い間ニッポンで、この歌は結婚の新居を祝う歌だった。

　スサノオノミコトが詠んだため、日本最古の和歌である

と伝えられている。『古事記』の物語に由来する。歌の作者は建国の神スサノオ。『古事記』ではスサノオが八岐大蛇を退治してクシナダヒメを救った後に、新居の土地を探し求めて須賀の地を見出し、そこに宮を建てた際に八色の雲が立ち上るのを見てこの歌を詠んだと伝えられている。最古の和歌と言われる由縁である。

　歌の意味は、「幾重にも湧き出る雲が八重垣となる出雲の地において、妻を籠らせて幾重にも囲い共に住む」となる。つまり、八重垣のように重なる雲をスサノオ自らが結婚の祝福として受け止めている最中に歌われた。そして繰り返し使われる「八重」という言葉は新妻を籠ることを示唆している。しかも「垣」という文字が垣根や壁を言い表していることから、「八重垣」という言葉自体が神聖な場所に囲まれた結婚にまつわる表現として理解されるようになっていった。

　私はひとり笑み、ふたりの出会いの門出にはぴったりのところであると感じていた。ふたりは手を取り合って森の中を歩きながら、引き寄せられるように一本の大樹へとたどり着いた。どちらからともなく、森の中で天空を目ざすようにまっすぐに伸びた大樹の下へ引き寄せられた。

　境内奥地の「佐久佐女の森」は素盞嗚 尊が八岐大蛇を退治する際に、森の大杉の周囲に「八重垣」をつくり稲田姫をお隠しになったところである。

「この大樹が……素戔嗚が八重垣で取り囲んだ、あの木々だなぁ……」

　と私は直観した。

「八重垣」とは、稲田姫命をお守りした八つの垣根である。大垣、中垣、万垣、西垣、万定垣、北垣、袖垣、秘弥垣と呼ばれ、今も一部地名に残っている。この森を、かの文豪小泉八雲は「神秘の森」と称した。身隠神事が執り行われる「夫婦杉」、縁結び占いの「鏡の池」も、この森の中にある。ふたりで歩いていても時を忘れる。空気はピーンと張りつめながらも、女性のやわらかさを感じる神氣あふれるところであった。

「鏡の池」の縁にふたりは着いた。ふたりで池に紙を浮かべ、硬貨をそっと載せた。

"早く沈めば縁が早く、遅く沈むと縁が遅く、近くで沈むと身近な人、遠くで沈むと遠方の人と御縁がある"と伝えられている。私は心の中で、

「1秒でも早く沈んで……ふたりの前で沈んで……」

と底まで透きとおる透明度の高い池の前で祈った。

ふたごの魂

出雲から帰って、無性に……ひとりの女性が気になり始めた。夜まで待った。

「御礼のメッセージだけ……」

と自分に言い聞かせてスマホを操作する。彼女からすぐに返信があった。耐えきれず続いて、

「一目惚れをしました……」

と送った。彼女からまたすぐに、

『相思相愛です』

と返信があった。心臓のBPMは190になった。脳内の血流がかけめぐる。それからたわいもないメッセージのやり取りが始まる。

　この頃から不思議な現象が起こり始める。彼女が映像に反応し始めた。彼女の気を惹くためにメッセージに何気なく添付した映像である。彼女から、

『なみだがとまらないの……なんで……』

　と返信がある。私のスマホに偶然ポーンッと映像が浮かび上がる。その中から氣になった映像を何気なく送信する。一日の中で何度となく自然と彼女にメッセージを送りたくなる。氣になった映像を添付する。そんな繰り返しを続けていた。

　彼女が反応する映像に共通しているものがあることがわかった。"少女"の映像である。それが彼女の前世の記憶を刺激することがわかった。幽閉されていた。ふたりはその時代も一緒にいた。彼女の中の"ちいさな女の子"が反応する。

　最初の目覚めから3段階を経て覚醒が進む。どの映像にも少女が映っている。物悲しげで儚い感じだが、時には神々しい光を感じるひとりの少女がそこにいる。

　写真――森のなかで泉が湧いている、その縁に女の子が立って髪を梳いている――を見た時に、一気に彼女の覚醒が進んだ。その泉が湧くところは、幽閉から私と彼女が手を取り脱出して初めて安堵できたところであることがわかった。

　この映像を最後に、彼女の覚醒は一段落する。半月ほど

時間を必要とした。彼女はようやく落ち着きをみせた。

　シンクロも手伝ってくれて、ふたりの魂は双子（ツイン）であることがわかった。出雲の地において離れがたくてしかたなかった理由がハッキリする。

　SNSを観ていてもYouTubeを立ち上げても街を歩いていても"ツイン"に反応してしまう、ふたりの日常が始まった。この女の子はどうやら8歳らしい。彼女が「宇佐神宮」を訪れた時にわかった。

第2章─Onisaburou

Stairway To Heaven　天国への階段が聴こえる

「天空の神殿」のイメージを最初に視（み）たのは10代である。

　月夜であった。部屋の中まで月光がサーチライトのように射し込んできた。私はベッドに横たわっている。真夜中に、実家2階の自分の部屋から天空へとボディごと投げ出された。しばらくの間、宙をただよっていた感覚がある。

「宇宙空間って……こんな感じなんだろうなぁ……」

　と、夕陽のような強いオレンジ色の背景の中、黒龍がうねうねと泳いでいる。天空である。間違いなく私は異次元の世界にいる。

　雲海に包まれる中で、天空の神殿の詩が聴こえる。物質的、金銭的な思想と、観念的、精神的な思想が対比された、成功や聴衆や高揚感を詩的に表現している詩がながれる。

You built a castle of gold

Thinking it was a ticket to heaven

But that castle crumbles in vain

Because heaven cannot be bought

You heard beautiful music

Thinking it was the voice of angels
But that music does not touch your soul
Because angels are to be felt

You saw a white light
Thinking it was the guidance of God
But that light blinds your eyes
Because God is to be believed

You tried to climb the stairs
Thinking it was the way to heaven
But those stairs vanish in the wind
Because heaven is to be walked

…………

あなたは金の城を築いた
天国への入場券だと思って
でもその城は虚しく崩れる
天国は買えないものだから

あなたは美しい音楽を聞いた
天使の歌声だと思って
でもその音楽は心に響かない
天使は感じるものだから

あなたは白い光を見た

神の導きだと思って
でもその光は目をくらませる
神は信じるものだから

あなたは階段を登ろうとした
天国への道だと思って
でもその階段は風に消える
天国は歩むものだから
…………

　雲海が滔々（とうとう）と流れている。そこから斜路が天に向かって
永遠に続いている。その行きついた頂点に「神殿」がある。

DEGUCHI

　出雲でDEGUCHIと出会う。"出雲縁結び空港"で出迎
えてくれた。ONISABUROUから身体的特徴も受け継いで
いると感じた。想像より大柄である。ユートピアの王国を
夢みて満州を走り回っていたONISABUROUのタフネスさ
が表れている。同時にONISABUROUが纏（まと）っていたオーラ
がそこにあった。
　ちょっと甘酸っぱい感覚が身体中をかけめぐった。物心
ついた頃、近所に住む陰陽師夫妻にスカウトされ修行にあ
けくれていた時代を思い出した。ONISABUROUに憧れ
『霊界物語』を夢中になって読んだ頃を思うと少し感傷的
になった。

バスに乗り込み「日御碕神社」へ向かう。夕陽をめざす。夕陽が射し込むテーブルで海の幸をいただく。偶然にも席がふたつしか空いていなかった。彼女と席を同じにして初めて食事をいただく。

初夏の日本海は凪いでいた。日御碕神社には一日に決められた数だけ授与される、陳列されることがない貴重なお守りがある。手に入れるためには神職の方に話して出してもらうしかない。そのお守りは「砂のお守り」（御神砂守）と呼ばれている。彼女と一緒に、砂守を授かった。私は3年前に授かった砂守を返納した。

森をぬけて灯台へ、ちょうど海へ夕陽が沈もうとしていた。小さい頃は灯台守になりたかった。子どもの頃読んだ本の影響である。そこに書かれていた灯台守の孤独な生涯に憧れた。市井と関わりを持つことを避け、一日中海を眺める、その空間だけ時空が静止したような空気感を心地よく感じた。

灯台へ到着すると、きっと何かあったのだろう……女性が岩に腰掛け、ひとり夕陽を眺めていた。見渡すとそんな女性が数人いた。私は夕陽を背に彼女と初めてのツーショットを撮った。夏が始まろうとしていた。"真夏の果実"を感じるやさしい季節がそこにあった。

海底遺跡

日御碕を離れる前に、皇族に由来のある秘密の場所を訪れた。実は大社よりも重要なヴォルテックスポイントであ

ると噂されている。夕方であった。

　夢物語かもしれないが「海底遺跡」の存在が語られている。経島の周辺はダイビングが禁じられている。経島は聖地である。「禁足地」である。経島に立ち入ることが許されるのは神職のみで、それも年に一度の神事の時のみだ。長年地域で暮らす人々でも島に立ち入ることはできない。

　日御碕神社および日御碕灯台周辺の2か所の海底にそれはある。経島周辺とその沖にある「タイワ」と呼ばれる領域。そして日御碕灯台の沖合「サドガセ」と呼ばれる領域とその北側の「ボングイ」周辺にある。人工的に削られた岩跡が残されている。2か所のトンネルと参道を確認でき白砂と玉砂利が敷かれた場所が発見された。サドガセ・ボングイでは大きな岩が寄りそうように立つ岩屋や階段などが発見されている。約20mにわたって人工的に削られた岩の跡も確認されている。

　「亀石」が発見された。亀のような岩、その岩壁には2段に分かれた筋があり、その筋を通じて水が流れていた形跡を確認できる。西暦880年11月（元慶4年10月）に出雲で地震があった。現在、経島で行われている「夕日の神事」はもともとタイワで行われていたという言い伝えが残っている。現在のタイワは海中にある。出雲地震より前にタイワが水没していなかったとしたら、縄文の民がしていたように海を臨むその場所で神事が行われていたはずである。

　タイワは地震により滑り落ちてしまったのであろうと、私は想像した。その結果、アマテラス大御神を祀る社は西暦948年（天暦2年）に経島から現在の場所に遷宮されて

いる。同時に、出雲地震の影響でタイワで「夕日の神事」が難しくなり、経島で神事が行われるようになっていった。

　ボングイにおける祭祀跡は明らかに人為的に造られたもののようにみえる。半円形に削り取られた平らな岩場はまるでコロッセオだと私は思った。私に太古の劇場を想像させた。想像してほしい。円の周囲に人々が座り、その中央で神職が祝詞をあげる姿を。神事をするのにふさわしいカタチになっている。人に意図してつくられていなければこうはならない。やはり、これらの場所で神々を称え祀った古代の人々の姿に私は思いをかけ巡らせた。

　この場所を訪れた時、天空に"鳳凰（ほうおう）"と"龍"をみた。思春期に天空へ飛び出した魂が視た神殿のカタチがそこにあった。

剣を授かる

　初めての大社は雪であった……今は初夏に訪れている。この地は、松江藩中興の祖であり茶人としても高く評価されている松平不昧（ふまい）公ゆかりの地である。茶室「明々庵（めいめいあん）」と「菅田菴（かんでんあん）」を訪れた。松平不昧は庶民から風流人、または道楽殿様と呼ばれていた。
「羨ましい限りである」
　と私は感じた。境内の美しい庭園を望みながら飛び石伝いに庭を歩いていくと、腰掛待合にたどり着いた。天井には宍道湖（しんじこ）のシジミ漁に使われていた舟板が利用されてい

る。庵のにじり口を入ると二畳隅炉の本席があった。東側には天井まで開いた大きな窓があり、腰なし障子2枚が立っている。私はその場所に気づいた時に、

「不昧公は床前に座し障子を開けたこの窓から東の空に昇る月を眺めていただろうなぁ……」

と想像した。庭には「心字池」があり、私は、

「その池に映り込んだ"もうひとつの名月"を望むこともできたはず……」

と続いて思いが浮かんできた。不自然なほど大きな窓だからこそ、月と庭が醸し出す情緒をより深い味わいで感じることができる仕掛けになっていることに、私は気づいた。

「音もなく昇る月、月明かりに照らされた庭、耳に優しく響く葉音や虫の声……不昧公も感じたであろう」

と私はそんな風情とともに味わってみた。

私と彼女は、不昧公ゆかりのお茶室「明々庵」と「菅田菴」を後にした。松江城を一望しながら不昧公が考案した和菓子「山川」と「若草」を味わいながらふたり大社へと向かった。

神奈月旧暦の10月に神々が集う出雲大社。日本最古の歴史書といわれる『古事記』の中で国を譲るシーンがある。そのとき建てられたのが、出雲大社の始まりである。

まずは正門にある、神氣が集まっているヴォルテックスポイントの"勢溜"の大鳥居から境内に入った。続いて、参道の右手に心身の穢れを祓い清める四柱の祓戸神を祀る祠で、身を清めた。それから松の参道の端を歩いて、神

域である「荒垣」内に入る前に「手水舎」で手と口を清めた。そして四の鳥居「銅鳥居」を軽く一礼してくぐる。拝殿で"二礼四拍手"し、参拝が終わり再び一礼した。

次に、御祭神に最も近づける門「八足門」で参拝する。続いて、「大社造り」と呼ばれる日本最古の神社建築様式の「御本殿」で参拝する。いずれも"二礼四拍手一礼"で参拝した。

出雲大社には神職すら立ち入ることができないところがある。「素鵞社」の裏にある磐座である。私と彼女は、「強い"御神氣"がただよう社だ……」と感じた。

ヤマタノオロチを退治した素戔嗚尊を祀る社「素鵞社」は、御本殿の裏にある。御本殿後方の一段高い場所に祀られており、強い"御神氣"を感じるところになっている。

その「素鵞社」の裏手に"禁足地"はある。「八雲山」である。八雲山は神職すら入ることができない。出雲大社の"御神体"が八雲山だといわれているからである。出雲大社は御神体について明確にしていない。

その磐座は、その八雲山の裾にあたる場所にある。その磐座を背負うようなカタチで、素鵞社が鎮座している。

鎌倉時代から江戸時代初期にかけて、出雲大社の祭神だったとされる素戔嗚尊が素鵞社に祀られた。加えて、この磐座前に奉納された「御砂」に、御清めや御加護の力が宿ると伝えられている。私と彼女は、これらのことより、「八雲山が御神体である可能性は高い」と思った。

ふたりでこの磐座にそっと触れた。強いエネルギーを感じた。DEGUCHIの祝詞奏上が始まった。

磐座前に奉納された御砂を授かるために、ふたりで出雲大社から西にある「稲佐の浜」へ向かい弁天島をお参りさせていただいた。それから浜の砂をいただき大社へ戻った。次に正式参拝を行い、最後に素鵞社を参拝した。そして、いただいてきた稲佐の浜の砂を、ふたりで素鵞社の軒下にある木箱へ納めた。

　その後、頂戴した御砂はふたりで大切に持ち帰り、毎日の都会生活の中で"厄"を落とすのに使わせていただくことにした。歩きながら空を見上げると、天空に"鳳凰"と"龍"をみた。天空へ飛び出した私の魂が視た神殿のカタチを再確認した。

　"八雲山"のエネルギーを直に感じることができる磐座の場所である素戔嗚社へ着いた時に「啓示」があった。

　『剣を授ける』と。

　この儀式は、後日DEGUCHIと共に訪れる「熱田神宮」で完結する。

第3章—生命物語

イムギャーマリンガーデン

　日本人は海を"アマ"と呼ぶ。"アマ"は天という意味である。天空が父性であれば海は母性になる。海で生まれる命の光をギリシャ人は"ルカ"と呼ぶ。私たちは海から来た神の子である。壮大な神話が始まる。

　誰も知らない物語が海にはたくさんある。大海原を旅する幽霊がいる。海と天空宇宙をつなぐ道がのびていること。海の青と空の青は等しい。背びれが光る魚たちは星のきらめきにも似ている。海は、海獣たちを躍らせ育み、生命の誕生を内蔵する宇宙へと変貌する。

　地球上で初めて生まれた生命体は海からである。海は生命のゆりかごだ。生命物語はゆっくりと着実なスピードで進行していく。どこまでも広がる大海原のように、途方もない深さを持った深海のように。最後は私たちの想像を超える着地点を踏むことになる。台風は"精霊たち"の船となる。何でも運ぶ風の船である。記憶や時間や精霊や幽霊も運んでくる。

　『言葉で表現できないことは存在しないことにされてしまう…言葉では言い尽くせないことは消えてしまう…』

ブラックマンタ、ナポレオンフィッシュが泳ぐ姿、マッコウクジラがダイオウイカを襲う。ザトウクジラが円を描きながら空中へ向かってダイブする姿、オキゴンドウの群れが歯を鳴らしながら海をいく。そうしたシーンの数々が海のざわめきや静けさ、限りない偉大さを感じさせてくれる。海の物語は、果てしなき未知の大自然、その奥深き懐に抱かれている気がする。

　海中に身をおくと、気持ちが"すーっと"静まる。人類は一体どこから来たのだろうか。何者なのか。これから人類はどこへ行くのだろうか。人類の謎を追い求めるうちにいつしか生命物語は、人類のさらには生命の源へと結んでいく。

　深遠なテーマと共に、ひとりの人間が海の中を回遊している気持ちにさせられる。偉大な存在は、海で展開されるシーンの数々にのせて紡ぎ、豊かに織り上げてゆく。

　天空で煌めく星は人間に似ている。脳の中にあるたくさんの記憶は、小さな断片になってバラバラに漂っている。天啓によりその断片のいくつかが結びつく。その少し大きくなった塊に、さらにいろいろな破片たちが吸い寄せられて結びついて、さらに大きくなっていく。それが神からメッセージを受け取るということ。それはまるで星が誕生する姿と相似である。

『未来に魂をとばした誰かが私たちをのぞいているのかもしれない』

　そんなふうに感じる時、私たちの心身は幽霊になる。

幽霊にもいろいろある。死者の幽霊、物の幽霊、事の幽霊、想いの幽霊、意識の幽霊、意味の幽霊……私たち人類が発した言葉（言霊）、とった行動は、風が海面に皺を刻むように、それらはカタチを変えながら波紋となってひろがっていく。鯨のソングの一節のように、音に姿を変え素粒子の振動の内に受け継がれていく。

やがてアカシックレコード（宇宙図書館）のどこかに永久に記憶される。私たちのとった行動とその痕跡は、時として幽霊となって私たちの前に現れる。ふとした瞬間に出会う。過去や未来の誰かの記憶に姿を変えて。

われわれとは何か……
われわれはどこへ向かうのか……
（ポール・ゴーギャン）

宇宙の生命のはなし

漆黒の夜に海岸を散歩していると、光る魚の幽霊や海からあがる子どもたちをみることがある。世界中に謎の目撃例がちりばめられている。

神話をもとに真実を解明しようと、世界中から科学者が集まってくる。自然や生命の不思議、その謎に迫ろうとすればするほど、深い穴へと落ちていき翻弄される。この手のテーマの前では科学は無力となる。

生命の物語は海から始まる。海から謎は生まれる。謎の

隕石が落ち、海底の奥深くで輝いていることもある。マーメイドやジュゴン、龍に育てられた少女や少年も神話に登場する。海を行くと……目の前で、"雲散霧消"海の藻屑<ruby>藻屑<rt>もくず</rt></ruby>となってしまった人たちを目撃することもある。

　そんな時は何か思いつめたようになり、言葉を発することができなくなる。同時に、周囲に理解できない逸話をつぶやくようになってしまう。あの夜その時、はたして何が起こったのか。星を体内に宿した深い海の底でみたものは、これからどうなるのか。

　世界各地で謎の子どもたちが出現し始めた。神様がみえる、神様と話ができる……その正体は神なのか小悪魔なのか。はたまた母親あるいはカルト集団に踊らされているだけの操り人形なのか。

　インドネシアを訪れた時に、村の古老から「海には魔物が住んでいる」という伝説を聞いた。海に初めて足を踏み入れた時、その冷たさと懐かしさ、とても不思議な気持ちになる。原始のDNAレベルの記憶がよみがえってくる。

　どれほどの人たちが、自分の天命ミッションのために、道なき道へ躊躇<ruby>躊躇<rt>ちゅうちょ</rt></ruby>なくふみ込むことができているだろうか。それは潔さなどではなく、自分のミッションを忠実に再現する当然の行動になる。魂が海の中にいなくても、命さえも厭<ruby>厭<rt>いと</rt></ruby>わぬ本当の旅立ち。過去へ、そして自分へ、さらに宇宙の奥へと。宇宙と海と人。とても深遠なテーマながら、非常に安心して身をゆだねることができる対象である。

「壮大な宇宙の生命の話」。世界中のいま戦争をしている人たち、隣人と争っている人たち、周囲の人たち、友人や

愛する人と口論している人たち、飢えてやせ細ってしまった人たちに読んでほしい。ソウルが宇宙と海と美しく共鳴して、宇宙に海に包み込まれている感じを味わってほしい。海の世界が、私たちの世界とは違うことを知ってほしい。すぐ目の前にありながら、互いに呼吸すらできないものが棲む世界があることを。

この世の対岸にあるもの

　海沿いにある村の古老の話である。『海は彼岸である』と。『そして女性性である。女性の身体は彼岸とつながっている』とも。考えてみれば、海ではイルカも波も雲も、私たちの目にみえるほとんどの対象は人間ではない。地球の大部分は海でできている。人間以外のものでできている。古老は言う。

『だから私は人間じゃないもののほうを多くみる』

　でも現代社会でそれはNG。世界を支配している割合どおりにみているだけなのに、どうやら多くの人たちは違うらしい。銀河系の中で海が存在する惑星があるのは、この太陽系とよく似た恒星系だけなのに、この美しい星地球に住んでいるのは、似ていることにも意味があるハズ。

『宇宙と人間は似ている』

　と古老は言う。たったひとつのものの部分にすぎないのかもしれない、私たちは。人間の内臓のつくりをみてもそう思う。海のある星は、原人を生む"子宮"の役割をして

いるのかもしれない。

　人間は言葉のない世界を持っていたはずである。世界や世間を受け止めること、目にみえない物や事を認識する時、言語に頼らない。言語は、性能の悪い発信機かもしれない。世界のありのままの姿を粗くしたり歪めたりボヤかして、みえにくくしている。言語で考えることは、決められた型に無理やり押し込めて、はみ出した部分は捨ててしまうということかもしれない。

　かつて人間も気高い獣であった。同じ言葉でも、詩となった言葉は、音楽を奏でる。音楽や詩は、この宇宙のいたるところに満ちているものである。海の物語は、人類にとても大切なことを気づかせてくれる。世界中の村々であらゆる伝承が繰り返し語ってきたことは、宇宙をひとつの生命に例えるなら、海のある星は宇宙の"子宮"であるということだ。

一番大切な約束は言葉では交わさない

　一番大切な約束は言葉では交わさない。本当は言葉の外にあるものを表現しなければならない。物事を人類が使う言葉に当てはめることで捻じ曲がってしまったり、矮小化してしまったり、または別のものになってしまったりするからだ。

　実際の3次元の世の中では、どうにかして他人に自分の気持ちを説明しようと、言葉にしようともがくことが多くなる。海の子どもたちは、人が体感で感じたことそれ

がすべてである。それが一番大切である。だからこそ言葉にしなくてもいいことを知っている。言葉にしないことの大切さを海の物語は教えてくれる。

　海の神話では、生命のシーン、シーン、シーンの連続で言葉はいらない。水の中で動いて生きているのがみえ、潮の匂いがしてくる。バリ島やインドネシアの神話とも錯覚するような仄暗い深海、生と死の輪廻、この海の世界に惹かれる。3次元の肉体は無くて、その姿や器が無くても、またどこかで何かの命として再会する。大海原を眺めていると、そう祈りたくなってくる。

『大切なことは言葉にならない』

　セリフも必要ない。海は無音かといえばさにあらず。海中海洋は、水泡の音や鯨のソングや風や波の豊穣な音で満たされている。そのサウンドは、時に過剰なほど濃密になり言葉はかき消され、散り散りになってしまってカタチにならない。言葉はそんなにも無力か。

　だから、一番大切な約束は言葉では交わさない。言葉にはコトダマがあり、聖典の中の文は長い歴史を通して規範や「予言」の力を持つ。もっと言えば、世界創生の〝呪力〟まで持つことになる。軽々しく言葉をあやつり、もしも、本意やモノゴトの本質と違う言葉を当て嵌めたり約束事として使ってしまったら、とんでもないことになってしまう。それゆえ、

『一番大切な約束は言葉では交わさない』

　という表現になる。

それは、海人のシキタリで、自分の本当の名前は誰にも教えない、本当に大切なひとにだけ秘密裏に教えるという、真名の教理と同じことである。

　それでは、海の「生命の物語」の"約束"は何だろうか。約束の相手は海と空、星、天体、惑星あるいは地球上の人々か。約束の内容、これは"言葉にはしてはいけない"。

第4章―神は海から来る

美しき神の島へ

「神殿」の伝説は、地上世界を開拓した神に対して、天上世界にいる至高の神が統治権を差し出すことを要求することから始まった。これに対し、地上世界の最高神は息子たちの同意と自らを祀る巨大な神殿を建てることを条件に、地上世界を譲ることを決めた。

『古事記』『日本書紀』が伝えるこのエピソードは、長い間歴史的事実ではなく、あくまでも"神話"として語られてきた。

1984年に358本の剣、16本の矛、6個の銅鐸が発見され、古代出雲において最大級の王国が存在したことが明らかになった。出雲の旧家に「金輪御造営指図」が伝わっている。この図面の中に神殿の「設計図」が収められている。

しかし、現在の神殿の2倍にもなる約48mの高さの大神殿は、木造建築としては桁外れである。専門家も研究者も本気にしてこなかった。ところが、2000年に大社本殿前で直径1mの丸太を3本束ねた柱が発掘された。この発見により、古代出雲大社は伝承にあるように"巨大神殿"だったことが立証された。

ではなぜ、古代出雲王国が「巨大神殿」を造れるほどの

勢力があったのか。その答えは"島根半島"にある。現在は半島であるが、かつては島であった。美保神社から出雲大社、そして日御碕神社があるところまで続く海上に浮かぶ独立した島であった。宍道湖は、半島が内海であったことを示す名残である。

　古代は造船技術が未発達であった。潮の流れが激しい海は航海できなかった。波が穏やかな天然の良港が必要であった。出雲の地は、対馬海流の流れを利用して自然にたどり着ける寄港地であった。その背景の結果、鉄、青銅器、玉などの財宝が行き来する巨大な交易圏の中心にあった。

　出雲から朝鮮半島南部までは、直線距離にして300kmである。古代の船でも直接結んだ航海が可能である。朝鮮半島、中国大陸、北九州、北陸から、ヒト・モノ・財宝が行き来する環日本海ネットワークの要衝の地であった。各地の進んだ富と文化、最新の技術や情報を吸収して、出雲は日本海交易を掌握する巨大な王国へと成長した。

　旧暦10月になると出雲大社に神々が集まる。稲佐の浜から上陸する。その目印、海から来る神々の灯台の役割を果たしていたのが、出雲の"巨大神殿"である。当時の出雲の地は、神々だけでなくヒト・モノ・財宝も引き寄せていた。古代出雲は、日本海における最大最良の港湾都市であった。そしてそのアイコン、ランドマークが"巨大神殿"であった。

　しかし、やがて海洋国家としての勢力は衰えをみせる。造船技術の発達は、それまで潮流が速く航行できなかった

瀬戸内海の海上輸送を可能にする。出雲の港へ集まるヒト・モノ・財宝、技術・情報は各段に減っていく。さらに大型帆船が登場すると、出雲の港に寄港せず朝鮮や中国大陸、敦賀へ一気に航行するようになっていった。

　王国の海洋国家および港湾都市としての優位性は失われていった。同時に王国では首長争いが続き、内乱が絶えなくなった。いくつもの悪条件が重なって、海洋国家として繁栄していた王国の勢力はどんどん衰えていく。やがて神話にあるように、新興勢力のヤマト王権へ"国を譲る"ことになる。

　ふたりで旅をした。ハワイ島、バリ島、出雲、隠岐、淡路島、奄美大島、宗像へ。「神は海から来る」と身体いっぱいで感じた。

「神の島」と謳われる島々がある。そこに足を踏み入れた時、何か"みえない気配"を感じる。島には、島という空間が内包する"神秘"や"未知"の魅力がある。あらゆるものに神を見出すアニミズムの心。21世紀になっても"呪術シャーマニズム"が息づいている。

　目にみえない気配を感じながら、神々が息づく島を旅した。しばらくの間、島の神々と暮らしてみることにした。神の島々は、場所が変わっても点と線で結ばれていると感じた。ハワイ・バリ・隠岐、淡路島、奄美大島、宗像へと、意識しなくても自然に聖地巡礼の旅になる。

　ふたりはハワイでは踊りに迎えられた。私は訪れるたび

にいつも思うのだが、踊るということがすべての島であり人々の生活がそこにある。

　ふたりでもうひとつの"神の島"へ向かった。ハワイのなかではオアフ島やマウイ島がメジャーだが、ハワイ諸島の西端に「ニイハウ島」という個人所有の島がある。別名"禁断の島""秘密の島"とも呼ばれている。空路でベールに包まれたニイハウ島へ渡った。ニイハウ島はハワイ最古の島である。島内には標高約381mのパニアウ山がある。ここも他のヴォルテックスポイントと同様に、背後に山を背負う"玄武"の地勢である。

　島にはプーワイという唯一の集落がある。ネイティブハワイアンをはじめ手つかずの自然の中、百数十人がひっそり暮らしている。ふたりがニイハウ島で出会う人々は先住民ばかりである。ハワイ語が公用語であり、頼りの英語はまったく通じなかった。ニイハウ島の知名度はオアフ島と比較すると高いとはいえないが、他の島と決定的に違うのは、観光客が自由に足を踏み入れることができないということ。ふたりはそこが気に入って訪れることにした。

　ニイハウ島は日本と関わりがある。1941年12月に零戦パイロットがニイハウ島に不時着した。住民たちによって手当てを受けるが、最終的に住民によって殺害される。悲劇は続いた。島に住む日系人も日本人を助けたということで思い悩み、自ら命を絶ってしまう。両国の悲しい歴史が刻まれている。島の空気にはそんな雰囲気があると、ふたりは無言で頷いた。今でも入島が許されているのは所有者一家とカウアイ島人に限定されている。この方針が変わる

様子はない。したがってこの先も人口が増えることはない。

　島には電気がなく、昔ながらの生活が大切にされている。電気やインターネットなどが当たり前のように使われている現代において、非常に珍しい地域である。外部の人や情報がほとんど入ってこない。観光地化もされていない。ふたりの好みである。独自のハワイ文化や豊かな自然を残している。

　スマホを取り出し島民の写真を撮ることは禁止されている。会話することも交流することも禁止されている。しかし手つかずの自然の宝庫である。ふたりは透明度の高いビーチでシュノーケリングを楽しみ、貴重な体験をした。ビーチでは日光浴をするハワイアンモンクシール（アザラシ）に出会えた。遠くからそっと見守った。

　ふたりで夕陽を浴びながらビーチでニイハウシェル（貝）を探した。塩田も目にした。島では昔ながらの手法で海水から塩をつくっている。上空から塩田がひろがる雄大な景色を堪能した。ニイハウ島の海はとても美しく、絶滅危惧種に指定されるような貴重な生き物の宝庫である。ハワイアンモンクシールだけではなくウミガメにも出会った。島でのノーデジタルの生活はふたりに気づきを与えた。ニイハウ島の人々は、島の気候や風土とともに自分たちの伝統や文化に誇りを持っており、今も独自の生活を続けている。

「これで……いいんだ……」

　と島の生活を享受しながら、ふたりでみつめあった。美

しい自然景観や希少な生物や植物をみられるのは、島の環境が大切に守られてきた証である。地霊を祀るハワイのアニミズム、溶岩大地に咲いた花の強さと美しさ、ジャングルの子どもたちや海の子どもたちのキラキラした純粋な瞳を、ふたりは忘れることはできない。

バリ島にて

　ハワイに続き、ふたりはバリへ向かった。以前私はウブド地区にヴィラを所有し、一年のほとんどの日々を過ごし、そこでたびたびSAKAMOTOと会話することがあった。アーティストとしてクリエイターとしての姿勢は、SAKAMOTOから、ファッションや着こなしは、YUKIHIROから教えてもらった。バリはアニミズム文化の宝庫である。毎回訪れるたびにそう思う。始まりの日にふたりは"ニュピ"の魔法にかかった。

● "マラプ"

　ふたりはバリ島からスンバ島に渡る。精霊「マラプ」に逢うためである。

　ここにもアニミズムが残っている。巨石墳墓、明日香の石舞台古墳のような建造物をみてまわった。現在でも伝統的な手法で造り続けられているのがふたりには驚きであった。

　墳墓の形状は地域によってさまざまである。神秘建築家のセンサーが働く。地域ごとにデザインに個性があると私

は思った。石の大小や彫刻の有無、墓の立地など、村に
よって異なる。最も大きい墓石は長さ5mくらいある。

　老人に会う。石工をしている。彼女との旅を忘れてここ
でも神秘建築家が登場してしまう。私はコラボしたくて仕
方なくなった。真っ黒に日焼けした顔に深い皺が刻まれて
いる。白い衣に太陽の光が瞳に反射する。深淵で美しい瞳
である。信仰が奥に鎮座しているとふたりは感じた。　古(いにしえ)
のかつてのニッポンの職人たちにもこのような眼差しが
あったことを私は思い出していた。

　そのまま時が過ぎて、Walakiri Beachでふたりは"サン
セット"に出会う。島にいると意識しなくても太陽の運行
を感じる。自然と同期していることを思う。あまりにも美
しい太陽だったので、翌朝ふたりは"サンライズ"にも訪
れる。

「人類の太陽信仰は……こんなシーンをみて感じて始まっ
たのだろう……」

　と古のニッポンへ私は思いを馳(は)せた。鹿島灘(かしまなだ)の中に立つ
ふたつの鳥居を思い浮かべていた。ふたりは呼吸するよう
に太陽のエネルギーを身体いっぱいに満たした。

●"K"ケイ

　スラウェシ島でふたりは「地のエネルギー」を感じた。
かつて訪れたことのある浅間山麓にひろがる鬼押し出しの
空気感を思い出した。島のあるところは、大きな造山運動
のエネルギーがぶつかるところ、環太平洋造山帯とアルプ
ス・ヒマラヤ造山帯の合流点にある。

「どうりで……すごい。地面からエネルギーを浴びる」

とふたりは感じた。立っていられないくらい。地球上の
リゾート地はたいてい火山地帯にある。この島もそうであ
る。地形は複雑であり特徴あるアルファベットの"K"の
字のような形状をしている。標高3,478mのラティモジョ
ン山がある。トウティ湖もある。まさしく火山リゾートの
地の様相である。

"金"が採れたため島は貨幣経済に巻き込まれ、純朴な島
の人々は翻弄されていく。ビーチからのぼる、目にすると
身がすくむほどの美しい朝日を眺める余裕もなく、貨幣経
済界の中に美しい島と善良な魂は取り込まれていく。

1525年にモルッカ諸島より"金"の探索に派遣されたポル
トガル人が島に立ち入る。インドネシア独立戦争・イン
ドネシア革命の後、1950年にインドネシア共和国となっ
た。

インターネット上で検索してはならないワードに
"POSO"がある。島でのポソ宗教戦争を指す。POSOとい
う動画には、対立する宗教の住民の生首を掲げる民兵やリ
ンチを受ける住民などが映し出されている。スラウェシ
は、イスラム教過激派とキリスト教過激派の間での暴力に
苦しめられている。1998年から2001年の間に1000人以上
がスラウェシ中部で勃発した暴力、反乱によって殺され
た。

欲と流血にまみれている間に、島は「天罰」にみまわれ
る。2018年、スラウェシ州ドンガラ県パルでマグニチュー
ド7.5の地震が発生。津波に加え大規模な泥流が発生し、

甚大な被害となり4,340人が死亡した。「スラウェシ島地震」である。天罰は続く。2021年、西スラウェシ州でマグニチュード6.2の地震が発生。住宅がつぶれるなどの被害が多数発生し105人が死亡した。「西スラウェシ地震」である。

　島にいてふたりは独特の空気を感じていた。地のエネルギーに包まれながらも狂気と生臭さも感じながら、ふたりは島を後にする。

● フローレス島

　ふたりで精霊の銀河を歩む。バリ島から国内線の飛行機で1時間ほどの行程である。

　コモドは1991年、ユネスコの世界遺産（自然遺産）に登録された。ふたりは空港から出て美しい場所だと感じた。街のスマホの電波状況は弱い。さっそくデジタルツールをスーツケースにしまい込む。自然に"不要"と感じた。

　ラブハン・バジョでふたりでクルーズしながらアイランドホッピングをし、海上生活をする。クルーズ内では、英語、フランス語、インドネシア語が入り混じって"カオス"であった。カオスにふたりは少し疲れてしまい、数日間はホテルの部屋でゆっくりと休むことにした。ルーフトップバーで飲んだり、下のレストランでライブを聞きながらゆっくり食事を愉しんだりした。

　ふたりは、"Padar Island"に着いた。コモド島とリンド島のちょうど真ん中にある小さな島である。右手にみえるビーチの砂浜は真っ白、左手手前のビーチはグレー、左手

奥のビーチはピンクビーチになっている。

　小高い山からみると3種類のビーチが一望できる。ふたりで手を取り砂と岩山を歩いてのぼった。太陽がジリジリと肌を焼き付けてくる。バリ島のようなリゾート感はないが大自然に囲まれ人も少ないので、ふたりは本当に癒やされた。青い海にピンクの砂浜、やはり一生に一度はみてみたいということになり訪れることにしたのだ。

　白い砂浜はサンゴのかけらだが、ピンクビーチはその白いサンゴと赤いサンゴのかけらが混ざってできる。特に海と砂浜の間がピンクとなり、太陽がその部分に当たることでさらにピンクの色味が強くなる。ふたりでビーチに座り手のひらから砂を落としながら、まさしく夜空に輝く銀河のようだと思った。

　旅支度をしてふたりでニッポンへ還（かえ）る。

隠岐 OKIへ

「人はなぜ踊るのだろう……」

　海外の旅を終えてふたりは隠岐へ向かった。島には神楽が伝わっている。

「人はなぜ祭りで踊るのだろう」

　日本最古の歴史書『古事記』中の国生み神話に隠岐が登場する。ふたりはその記述内容を確認するように島を訪れることにした。

　男神と女神が地上に降りて国を生んだという話であるが、最初に淡路島、次に四国、そして隠岐、九州、壱岐、

対馬、佐渡、最後に本州を生んだと記されている。国が生まれた順序である。

「隠岐がなぜ最初のほうに記されているのか」

　この地が重要視されていたような優先順位に、ふたりは興味を持った。

　隠岐には独自の"神"が存在する。離島なのに100以上もの神社が鎮座し現存する。まさに「神々の聖地」となっている。樹齢1000年超の杉がある。島にあがってからふたりは誰かと一緒に"道行き"している感覚をおぼえた。

　海岸で作業していた漁師の古老から、海で幾晩にもわたって光っていたものが山に飛び入り、山を確かめてみると仏像の形状をした岩が残っていて、そこに神社をつくったという故事が伝えられていることを聞いた。

　それぞれの神社では「神楽」や「御神輿（おみこし）」などさまざまな行事が催されている。神楽とは、神事の際に神様に奉納する歌舞のことである。隠岐神楽はエンターテインメント性も高く芸能として位置づけられるが、かつては人々の願いを神に乞うために舞われる神事だった。

　ふたりで神楽殿を訪れた。神楽のルーツは神様を迎える場「神坐（しんざ）」において神々に神意をたずねるために行った祭りであった。神坐で巫女たちが舞いだした。そのひとりの巫女（みこ）がトランス状態になり"神懸かり"の状態になった。続いて巫女たち全員が神懸かりになった。

「何かつぶやいている……」

　そもそもこの舞は「御神託」を得るものだったことを、ふたりに思い出させた。

島根県内にはいくつか神楽が残っていて、いずれも有名である。そのなかでも隠岐神楽はかなり独特である。神職が担っていた出雲や石見の神楽とは異なり、隠岐神楽は神楽専業の家系「社家」により舞い継がれてきた。神事としての性格が色濃く、神社への奉納に限らず地区や個人が願主となって雨乞いや豊作、病気平癒、航海安全などを祈祷（きとう）するためにも催され、かつては年間を通じて行われていたという。

　さらに巫女による儀式舞が重要な役割を果たし、古式の神懸かりの形式が残されている点が、ふたりには興味深く思えた。明治初期に"神懸かり"が廃止され、現在は神社の祭礼等で社家に加えて地元の有志たちが行う芸能がメインとなった。

「やはりここでも"神殺し"がなされたのか……」

　とふたりは感じた。"近代化・中央集権"というキーワードですべてをくくり、生臭さを感じるものや原始的な香りのあるものに、為政者は蓋をしてしまう。私と彼女は隠岐に行って隠岐神楽を調べれば、神楽のそのルーツを垣間みることができるのではないかと考え隠岐を訪れていた。

　隠岐が２万年前まで島根と陸続きだったことは、島へ降り立てば容易に想像がつく。氷河期が終わり本土と離れることになり、さまざまな動物や植物が入り交じり島に取り残された。「ガラパゴス」のようだと、ふたりは感じた。それゆえ隠岐は独自の生態系を持つ島になった。

　同時に、世界的に価値のある地質や地形を持っている。したがって、その地勢や生命エネルギー、自然界のエネル

ギーの影響を受けて、隠岐には独自の独特なアニミズムが派生した。島に降り立ってからふたりは、隠岐の海、山、畑に"神"の存在をみた。神楽も島の祭りにも。

「もっといたいのに……」

　ふたりは後ろ髪を引かれながら隠岐を後にする。

淡路 AWAJIへ

　2021年12月22日の冬至の日に、私はユダヤ人が残したといわれる遺跡を訪れた。夜中に啓示を受けた。「御神行」である。私は神の意志で淡路へ向かう。

　淡路島にユダヤ人渡来伝説がある。淡路島古茂江海岸、洲本市小路谷の海岸でイスラエル人の遺跡と思われるものが発掘され、当時の新聞にも、

「日本人にもユダヤの血、淡路で遺跡発見」

　と大きく報じられている。淡路には他にも、諭鶴羽山を中心に同様の遺跡が多数発見されている。淡路島には、油谷（ユダニ）、古茂江（コモエ）、小路谷（オロダニ）、由良（ユラ）、諭鶴羽（ユズルハ）、といったヘブライ語を想起させる地名が多く残されている。淡路は、日本人とユダヤ人の祖先が同じとする「日ユ同祖論」の舞台となってきた。諭鶴羽山の諭鶴羽神社、先山の千光寺、沼島、洲本市由良、古茂江、灘油谷などがユダヤ人ゆかりの場所と伝えられている。

　そして2022年6月3日に彼女と出逢ってから……今度

は、

『2022年12月23日の冬至までに訪れること』

　という啓示が私に下りる。ふたりで訪れる。

　訪れてみると、地勢的にも天文学的にも特異な場所である。現地でふたりは日本列島地図をひろげてみる。「伊弉諾神宮」を中心に東西南北をみると、"夏至"、"冬至"の日の入出の延長線上に「伊勢神宮」、「出雲大社」、「諏訪神社」、「高千穂神社」といった主要神社が配置されていることがわかった。国生み神話の中心として「淡路島」が選ばれている。

　当時は神道が国治めの要であった。その中心になる主要な司祭拠点が太陽信仰にからめて東西南北、冬至夏至の太陽運行に従い各地に配置デザインされていると、ふたりで日本地図を眺めた時に気づき、不思議な一致に心が躍った。

　同時にふたりは奇妙な法則にも気づく。"22.5"という数字である。西洋と東西の両文明を俯瞰してみる。約1600年程度をひとつの単位としてみた時に、隆盛した王国の発祥の地が"22.5度"ずつ移動していることがわかる。人類の歴史を地球儀で観ると、時代時代に最優位な極点が移動している。

　そして、今現在隆盛している王国から観て"22.5度"ずれたところに、次の時代を支える新たな王国が開花するという法則がある。その法則でみていくと、次の王国の拠点になるのが"東経135度"になる。

「淡路 AWAJIだ」

　ふたりで、この奇妙な符号に気づく。東西文明は、800年を単位に隆盛と衰退を繰り返し周期的に動いている。次は淡路 AWAJI王国が興ることになる。この歴史的な法則は、6000年にわたり文明史の法則として機能している。"シュメールからアングロサクソン文明まで"。

　最近になって、
「縄文へ還れ！」
と声高に主張する人たちがふたりの周りに増えてきていることと一致する。日本が次の文明の中心地になる。"物質から精神"へと移行する「風の時代」の文明の発信基地になる。
「国生み神話」のとおり、それは東経135度の淡路 AWAJIを中心に興る。ふたりはその王国では隷属とか支配という関係ではなく、『先代旧事本紀大成経（くじほんぎ）』を手本にした社会ができることを願った。日本的な物や事が世界に発信されていき、世界中の人々が物質社会から精神的なものを大事にするようになることを祈った。それがスピリチュアルやオカルト、都市伝説で終わらずに世界へひろがっていくことを希望した。

　ふたりは啓示に従い冬至に「御神行」を終えることができ安堵した。淡路島を後に、ふたりは次の島へ向かった。

奄美 AMAMIへ

　私と彼女の奄美行きは、日本の"北"と"南"を意識さ

せることになった。

　中世の日本では、基本的には"東（北）は外ヶ浜から西（南）は鬼界ヶ島まで"と認識されていた。「外ヶ浜」とは陸奥湾に面する地域を指し、「鬼界ヶ島」とは硫黄島もしくは喜界島のこととされている。つまり中世の日本人にとって、北海道も沖縄も日本ではなかったのである。

　これは古代国家でも北海道と沖縄がまったくの異域であったことを意味する。むしろ東北と九州もすべてが支配領域のはずはなく、北は青森県と岩手・山形県の北部、南は鹿児島県と熊本・宮崎県の南部には充分に力が及んではいなかったことになる。

　ただ、こうした地域にも人々が生活していたことは事実で、新井白石の『蝦夷志』『南島志』に記述がある。大和朝廷が登場すると、北と南の異域からも使者が来て貢物を献じていたことが知られている。しかし北と南の実態についは不明な点が多く、今回は白石の『南島志』をたよりに旅をした。

　興味深いことに、現在の北海道と沖縄に縄文系の土器が出土するという特色がある。より正確には、北はサハリンまで南は沖縄本島まで、縄文系の土器が用いられていたことになる。

　"神秘建築家"と称する私は、旅を兼ねて土着の精霊や日本のシャーマニズムについて研究を続けている。みえざる世界と3次元の現世を結びつける媒介者には、アイヌの「トゥスクル」、青森の「イタコ」、南西諸島の「ノロ」や

「ユタ」がいる。

　ふたりの奄美行きの目的は、ひとりのユタに会うためである。現在、奄美には数十〜100人超のユタがいる。その正確な実数はわからない。島における伝統仏教の僧侶は10人以下だ。奄美では仏教よりもシャーマンのほうがはるかに多い。

　奄美ではユタの歴史がある。ユタとは沖縄や奄美で活動をするシャーマン（霊媒師）のことである。ユタは、いまだに奄美の集落に深く根付いている。

　ふたりは女性のユタに会う。彼女は、祈祷や死者の口寄せ（死者の魂を憑依させ死者の思いを伝える）、占い、人生相談などを島で行っている。彼女はみえざる世界と現世とを行ったり来たりしながら、2つの世界を結びつける媒介者である。この科学万能社会の現代にあって、日本全国に呪術師が数多く存在する。それは日本人が死後の世界や故人とのつながりを求め続けてきた証拠である。今回の奄美訪問は、ひとりのユタから呼ばれたことにより実現した。

　ユタはシャーマンになるまでどのような過程をとるか。ユタは世襲制ではない。ある時「神懸り（カミダーリ）」という神の啓示を受ける。その際、身体がトランス状態を示し、ユタにならざるを得ない運命であることを神から告げられ、自らの運命を知ることになる。

　彼女は、
『いずれユタが集落からいなくなる時が来る』
　と危惧している。島で神の啓示を受けユタになったものの、活動の拠点を東京など本州の都市部に移すユタが増え

ているという。

「ここでも……限界集落の問題が起きている」

　と、ふたりは思った。経済的な高度成長が田舎の里山文化や環境を破壊してきたように、神の使いの世界でも……。沖縄のノロも、明治初期の"神殺し"により琉球王国の解体とともにノロ制度が消滅している。一部の集落ではそれでも女性世襲を守り、ノロをかろうじて存続させているところもある。しかし高齢化が進み、生物のレッドデータブック同様に、"絶滅危惧種"の状況にある。

　奄美の場合も、ユタは少子高齢化、人口減少とともに衰退の一途をたどっている。"神殺し"とともに、土葬や洗骨文化の喪失と同様、近い将来に奄美のシャーマンが完全消滅してしまう。

　みえないものを信じない人たちは、

『自分たちの日常生活になんら支障はない』

　という。しかし、

「本当にそんなに楽観視してもいいのだろうか」

　ふたりは背筋に冷たいものを感じた。祖先が護ってきた土着信仰、先祖神の崇拝や崇敬、みえざる世界への畏敬、可視化・数値化できない大切なものがそこにはあると、ふたりは考える。長い年月、日本人が大切にしてきたアイデンティティのひとつではないか。特に、葬送、土着的な宗教習俗は、文化の集大成のはず。これから先、死者を悼み静かに送るその信仰を、末長く受け継いでいかなくていいのだろうか。このままでは、「信仰」と「文化」の断絶である。

ふたりは、ユタの話を聞いて不安に囚われた。

宗像 MUNAKATAへ

　私と彼女は、「光の道」に導かれて宗像へたどり着いた。神社から見下ろすと海まで一直線に夕日に照らされて道になっている。「宮地嶽神社」に着いた。しかしこの絶景は年に2回しかない。10月と2月、毎年2月20日と10月20日くらいから2週間である。ふたりは、宮地嶽神社においてエネルギーを充填しようと考え訪問した。光の道と一緒に最高のパワーがもらえた。

　次にふたりは、「宗像大社」へ向かう。宗像氏の氏神へ。「宗像」という姓は"海"を象徴する。宗像とは胸に印を付けているという意味である。海では危険がいっぱいである。鮫や岩との衝突などの危険に遭遇した時に護ってもらえるという祈りを込めて、鱗の刺青を入れたという。

　この逸話から、私と彼女は「龍神」をイメージした。神武天皇から応神天皇までは、龍の鱗があったり尻尾があったり角があったりしたと記されている文献も残されている。

　『先代旧事本紀大成経』である。かつては日本の古典の中で『古事記』『日本書紀』『先代旧事本紀』とで三大古典といわれていた。海から来る神々を迎える出雲大社の祭り「神迎神事」。神々を先導するのは"龍蛇神"である。そこに書かれてあるのは、初代の神武天皇から15代の応神天

皇まで、彼らは龍の子孫として生まれた。もともと熊野にやって来た神武天皇が海の神の子孫であるということ。

　出雲大社にも非常に古くからある大事なお祭りに龍蛇神の祭り、つまり龍の姿をした「神が海からやって来る」という祭り「神迎神事」がある。

　もともとの伊勢神宮をつくった人たちも海からやって来た。"海部"とか"磯部"とかいわれている人たちのことである。彼らも黒潮にのって、的矢湾から上陸し、現在の磯部の地から北上して宮川、五十鈴川の河口近くに住みついた。的矢湾から奥に入ったところに「伊雑宮」がある。伊勢神宮に次ぐ、第2、第3の別宮である。この伊雑宮を通って北上して、五十鈴川、そして宮川を遡っていった。そして、的矢湾から入ったところの伊雑宮で、『先代旧事本紀大成経』が見つかった。

　いずれにしても、神武天皇以降、この列島を支配してきた家系の中に"龍神"の色彩が強いということになる。これは日本だけでなくて、「龍神信仰」は世界中で、特にアジアでは本当に広く見られる信仰である。ブータンの国旗にも龍が描かれている。仏教とかイスラム教とかそういうふうに大宗教のくくりでその国をみるが、本当にその国を支えている信仰を掘り下げていくと、そのような「龍神」、「穀神」、「精霊信仰」に戻っていくことが、ふたりで世界中を旅してわかった。

　ふたりが宗像大社の「辺津宮」に到着し空を見上げたら、"龍の形"をした雲が出迎えてくれた。ふたりで写した写真には、その"龍神"が映り込んでいた。

霊長類は、
「東南アジアで進化して西アジアやアフリカに広がったのではないか」
　という刺激的な仮説がある。海の民「倭人」によってもたらされた龍神信仰がここにある。

　地元の人たちから、最もエネルギーが強い場所は「高宮祭場」だと聞いて、ふたりで訪れた。姫神が降臨したと伝えられている場所である。同時に日本最古の祈りの場所である。日本の儀式の始まりの場所である。ふたりは非常に強いエネルギーを感じた。周囲を見渡すと感激の涙を流している人もいた。訪れた誰もが、
「こんなところがあったのか」
　と思うほど感動する場所であると、ふたりは目の当たりにした。当然のことかもしれないと、ふたりは思う。"神様が降りた場所"なのだから。ふたりは非常に強力なエネルギーが流れていると感じた。宗像大社はエネルギーの強いところである。
　出会った人に聞いた。
『情緒不安定に陥っている時にエネルギーをいただきに来るんです』
『体調不良の時や治療中にお祓いをしてもらったら元気になりました』
　ふたりは参道を歩きながら、辺津宮は太古からの自然が残されているところであると感じた。鎮守の森から流れる氣が他の神社と違う。身を置くだけで癒やされると感じ

た。

　境内にしばらく佇み、また歩くだけでも神氣と自然から
の“贈与”をもらう。同時にふたりは怖さも感じた。境内
で過ごしていたら、ふたりはウトウトしてしまった。強い
エネルギー場に身を置くと眠くなる。エネルギーをもらっ
ている証拠であると、ふたりは感じた。

　周辺を見渡すと立ち入り禁止区域も多い。人が足を踏み
入れてはいけないところ、“禁足地”、人が立ち入ってはい
けないところである。境内全体に巨大なエネルギーが流れ
ているが、ところどころ尋常でないエネルギーが噴出して
いる。“龍穴”だなと、ふたりは体感する。その波動（龍
脈）を遠くからでも受ければ眠くなるのは当然と感じた。
もしかすると……
「目をさますと、古代へタイムスリップしているのではな
いか」

　と不安にかられる。これだけ人を受け付けないところが
あるということは神聖さも感じるが、ふたりは恐ろしさを
持っているところであると思った。

　ふたりは、眷属の逆鱗に触れないように、慎重に噴出す
る浄化エネルギーを浴びながら進んだ。この場所で写真を
撮った。撮影時にはまったく気づかなかったが、大きな閃
光に包まれた写真が撮れていた。神氣がカタチになって現
れた。「磁場」の強い場所でもあると、ふたりは感じた。ふ
たりは写真をみながら、
「時空も歪んでいるにちがいない」

　と想像した。実際に“姫神”が姿を現したところであ

る。ふたりは別世界に迷い込んだような気持ちになった。一緒に居合わせた人の中には、あまりの神聖さに不気味さや異様さを感じる人も多かった。森林に囲まれた道をさらに進み奥深まった場所へ行くと、磁場が歪み本当に時空の歪みに落ちていくことも容易に想像できる。人を寄せ付けない氣を身体中に感じた。迂闊には近寄らないほうがいいかもしれない。

　森やキャンプ場で行方不明になる事件が起きる。そのような場所では磁場の強い場所で時空の歪みが開いて、その穴に落ちていったと噂される。呪われるとか、憑かれるといったことに遭遇するということではない。ヴォルテックスポイントは磁場の強い場所である。宇宙でも"ブラックホール"の存在が確認されている。地球にもこの種の"ホール"が確実に存在していてもおかしくはない。日本では神社がその代表的なところである。中でも宗像は強力なエネルギーを持っている。

　道行く人が教えてくれた。
『夜の宗像大社には神様はいらっしゃらない』
　という言い伝えがあると。小さい頃、夏休みになるとよく深夜の神社に肝試しに行ったことを、ふたりは思い出す。誰もが経験していることであるが、時に恐ろしい目に遭う。神様の眷属が冷やかしで来てはいけないと注意喚起しているからだ。

　夕方から暗くなってきた。ふたりは明るいうちに御詣りを済ませようと速足になった。
「本殿」から「高宮祭場」の順でお参りした。最もエネル

ギーの強い高宮祭場は奥まった場所にあった。

沖ノ島 OKINOSHIMA へ

　ふたりは、「沖津宮遥拝所」と「中津宮」がある大島へ向
かった。船で向かった。沖ノ島には「沖津宮」があるが、
上陸は禁止されている。島ごと"御神体"である。たった
ひとつの石ころすら持ち出すことが禁じられている。

　したがって間接的ではあるが、ふたりは大島の沖津宮遥
拝所から沖ノ島に向かって"祈り"をささげた。この場を
訪れてふたりは、日本人の信仰を原始のままの姿で残して
いると感じた。

　ふたりは中東を訪ねている時に聞いた、

　"シャニダールの花"

　の逸話を思い出した。世界で最初に死者を悼み祀ったの
は「シャニダール人」である。死者へ花を手向けた跡のあ
る遺跡が洞窟の中で発見された。

　ふたりが到着すると、降っていた雨が嘘のように晴れあ
がった。ふたりは、

　"呼ばれている"

　と感じた。天空からまばゆい「天使の階段」が降り注
ぎ、ふたりを包む。御神木を仰ぎみたとき、空から小雨の
ように"光のシャワー"が降り注いだ。ふたりは雨がふっ
てきたと間違えた。あたたかい"光の粒の雨"である。

　"神様が喜んでくださっている"ことを体感できた。

　「祖神」との強い縁も感じた。

気づくとこの地へ来てからふたりの気持ちは高揚している。たびたびうれしい気持ちになることがある。神が降臨されたところであることを、ふたりは噛みしめている。

　この神の地では、ルールや邪心を持つことが一番ふさわしくない。強力なエネルギーにより抑制されることになる。また、ふたりは小さい頃を思い出した。叱られたり頭をなでてもらった時の感覚を思い出した。神聖な場所である。そして物質や経済的な利益を中心とする現世である地球より、高次元にいる神がお祀りされているところである。特に宗像の地には強力なエネルギーが宿っている。このことを忘れてはいけないと、ふたりは思った。

　沖ノ島は"海のシルクロード"と呼ばれている。古代朝鮮やシルクロード貿易の拠点になっていた。立ち入り禁止であり、ますます謎の多い場所となった。"神に最も近い"ところである。神氣のエネルギーだけではなく、すべてのスケールが壮大であると、ふたりは感じた。

『したらいかんていわれることしたら"不言様"の祟りとか罰が当たるて子どもん時からよう聞かされよったですもん』

　と大島の漁師たちは語っていた。科学万能の現代でも海にいる神の存在を信じ、その日捕れた一番の大物を御宮へ献上している。海神への日々の感謝も欠かさない。島のものを持ち帰るなどはもってのほかである。海に浮かんでいる木枝でさえひろうのをためらう。

　漁師たちは、沖ノ島の海を"神様の海"だと信じてい

る。自分たちはその神聖な領域を神から一時的にお借りして「贈与」を授かっていると、理屈ぬきに科学万能の現代でも信じている。

　沖ノ島は、島そのものが御神体である。それゆえ島では厳しい禁忌があり、それが現在まで厳格に護られてきた。神職1人が10日交代で島に常駐している。毎朝神事を行う。沖ノ島の南西約1kmにある小屋島、御門柱、天狗岩の3つの岩礁は、沖津宮の天然の鳥居とみなされてきた。

● 沖ノ島の禁忌

　沖ノ島で見たり聞いたりしたものは一切口外してはならないとし、人々は沖ノ島を「不言様」とも呼ぶ。畏敬の念をもって現代まで守り伝えてきた。

「一木一草一石たりとも持ち出してはならない」

　沖ノ島からは一切何も持ち出してはならないとされ、江戸時代にこれを破ったことにより祟りがあったという伝承が伝えられている。そのため沖ノ島の「古代祭祀遺跡」はほぼ手つかずの状態で護られてきた。

● 上陸前の禊

　沖ノ島は上陸することが認められていない。日々奉祀を行っている神職であっても、必ず初めに着衣をすべて脱いで海に浸かり、心身を清めなければ島内へ入ることは許されない。

　2017年に世界遺産に登録された"神宿る島"沖ノ島。島

内で見聞きしたことは口外禁止、数々の禁忌が設けられている。長年神秘のベールに包まれていたが、世界遺産認定により注目を集めている沖ノ島。1300年前から「三女神伝説」が語られてきた。沖ノ島は玄界灘の沖合約60kmの場所にポツンと浮かぶ周囲約4kmの孤島でしかない。

　日本最古の歴史書『日本書紀』に、

『歴代天皇のまつりごとを助け、丁重な祭祀を受けられよ』

という天照大神の命によって、神のもとから三女神が宗像の地に降り立った、とある。三女神が鎮座する場所として、長女が祀られる沖ノ島の「沖津宮」、次女が祀られる大島の「中津宮」、そして三女が祀られる宗像市にある「辺津宮」が定められ、三宮を総称して宗像大社と呼ぶようになった。

　沖ノ島は島自体が沖津宮の御神体であることから「神の島」と呼ばれるようになった。いまでも女人禁制である。長きにわたって世に知られることのない"秘島"である。

　仕方ないのでふたりは、沖ノ島を拝むため大島につくられた「遥拝所」から祈りをささげた。沖ノ島への上陸は叶わないが御神氣に触れることができる。ここは沖ノ島を拝むためにつくられたところである。

　ふたりの視界いっぱいに海がひろがる。沖ノ島まで距離は50km離れている。それでも地上では他のどこよりも近い距離から島を拝むことができる。ふたりはフェリーを利用して島へ渡る。

　島の北に風車があった。念願の祈りの後、ふたりは大自

然のなかでゆったりと過ごした。古代祭場は周囲を高い木々で覆われていて、この場に佇むと……

"じんわりとなんともいえない大きな温かさに包まれている"

感覚をおぼえる。清らかでなんだかあたたかな、まさにエネルギーをもらえるところ。"古代祭場"が残る地は、全国的にも稀有である。

● 海の正倉院

先に訪れた「辺津宮」では「神宝館」を見学し、ふたりはため息をついた。そこに展示されているのは沖ノ島から出土した宝物である。4世紀後半から500年間にわたり、沖ノ島には祭祀のため数多くの奉献品が奉納された。シルクロードを経由してもたらされたというペルシャ産のガラス盃、朝鮮半島でつくられたとされる金製の指輪、他にも勾玉や鏡、地方の豪族のもとには到底集まりようもない貴重な品々が沖ノ島から出土している。

これらの品をさらに詳しくみると、沖ノ島が歩んできた歴史が浮き彫りになる。沖ノ島の出土品は8万点にのぼる。そのすべてが国宝に指定された。しかもこれらは遺跡のうち調査済みのおよそ3割の部分から出土したものであり、残りの7割は手つかずの状態で残っている。沖ノ島は奈良の正倉院にたとえられ「海の正倉院」とも呼ばれている。ふたりは圧倒され、ボーッとしながら「神宝館」を後にした。

ふたりは、宗像の地には"古墳"が多いことに気づいた。

大地が盛り上がった古墳群の景色をみることができる。前方後円墳5基、円墳35基、方墳1基の全41基がある。墳墓群である。三女神を熱心に信仰して島で古代祭祀を執り行った地方の豪族、宗像氏にまつわる遺産である。ふたりは古代神事、祭祀に心躍った。磐座に鎮座する社をみて「熊野の太陽信仰」へ思いを馳せた。

"巨人たちの旅"は終わりを告げる。

　瀬戸内の島をふたりで訪れた時、島の古老が語ってくれた。美しい島だった。いまは工場の敷地みたいだけれども。

　古老が若い頃、島を訪れていた香具師の旅人から言われた。老人は漁師をしていたが、船を降りて陸に上がり島を去って尾道の造船工場に働きに出るか迷っている時期であった。旅人は諭すように、

『やめたほうがいいよ、船長さんじゃなくなる……労働者になってしまう』

　と言った。

　この頃、島の人々の間では頻繁に、

「大きなものには勝てない……」

　と口々に叫ばれていた。

『大きなものってなんだろう……』

　所詮人間のすること、人間が考えること、たまたま役職が付いている人間の集団に過ぎない。"大きなもの"なんてない。

"FACES AND LANDSCAPES"自然はいつも美しい。な

60

んでこんなに美しい島を離れなければならないのか。都会へ出て歯車にならなければいけないのか。

　旅をしてみてわかったことがある。それは、
"神は海から来る"こと。

第5章―出雲神殿

復活劇場

　週に一度、私は大学で講義をしている。その他の曜日は、設計事務所で勤務である。

　私は相変わらず「はちみつとクローバー」の雰囲気から脱却できないといつも思う。私には美大の建築学科の雰囲気が心地いい。17歳の春休みに最初の設計を手がけた。学部、大学院と学業と並行しながら建築家として活動して20年が過ぎた。

　中学生の時、実家近くのタウト（ブルーノ・タウト＝ドイツの建築家）ゆかりの建物でKUMAに出会う。生まれ故郷の美術館をISOZAKIが自ら案内してくれた。階段のステップにゆらぎ"1／f"のリズムを刻んだことを教えてくれた。院生の時にANDOに逢い"建築家として生きていく"と決心が固まった。小さい頃になりたかったのは、灯台守、古本屋の主人、JAZZ喫茶のマスターである。いずれも華やかな舞台ではない。どこか"世捨て人"の雰囲気がある職業を好んだ。

　ISOZAKIは、

『建築は工学とアートの中間にある』

　と教えてくれた。大学院を卒業する時に、アートの道へ行こうか、映画界にしようか、アパレルデザインの世界へ

行こうかと思い悩んだ末に、なんとなく憧れていた建築家になる道を自然に選んだ。

　ここから幕が上がる。

　憧れの劇場が始まった。

（第1回講義）コンセプト

　出雲の地に復活させる神殿の"コンセプト"について講義が始まる。

（スライド1）

「世にも恐ろしい光景」

　食品添加物をトレーラーで運んでいる映像

（スライド2）

「ニッポンの実態」

　報道されない日本のワースト1位

・自殺率、放射能、食品添加物、遺伝子組み換え食品、奇形児出生数、精神科病床数、農薬使用量、水道の塩素濃度、電磁波、食品廃棄量……

　カナダの大学の研究成果より、

『日本の貧困者はジャンキーでもない。犯罪者の家族でもない。移民でもない。教育水準が低いわけでもない、怠け者でもない、勤勉で労働時間が長い、スキルが低いわけでもない』

　世界的に例の無い、完全な政策ミスによる貧困である。

（スライド3）

「トウキョウ世紀末」

　東京国際フォーラムVS.ノアの箱舟の映像

　東京国際フォーラムは、ラファエル・ヴィニオリの作品である。90年代につくられた。彼は敏感に東京の街の空気感をとらえて建築デザインをした。まさに東京は世紀末の状態にある。ゆえに“ノアの箱舟”がふさわしいと考えたのに違いない。

（スライド4）

「神の手が地球の“リセットボタン”を押そうとしている映像」

　まさに時代は、世紀末に来ている。資本主義経済、新自由主義のグローバリゼーションの終焉、末期状態の環境汚染だけではない、世界は“アルマゲドン”がそこまで来ている様相を呈している。そんな空気が世の中に蔓延している。神が自らつくった人間を神の手でまさにリセットしようとしている。

（スライド5）

「神殺しの国ニッポン」

　日本はこれまで3度にわたり神を殺している。第1回目は、仏教伝来の時に全国に居た土着の神を殺した。2回目は、明治の廃仏毀釈により神が政治の道具にされ、日本から霊場が消えた。小乗仏教や山伏たちの修験道を弾圧し

た。3回目は、第二次世界大戦後、昭和天皇が人間宣言をした時に「現人神」が死んだ。

"神殺し"と同時に日本人が失ったものは、「神話」と「日本らしさ」である。

（スライド6）
「ユダヤにあって日本にないもの」

12、13歳までに民族の神話を学ばなかった民族は
例外なく滅んでいる。
（アーノルド・トインビー）

世界中に散らばっても、ユダヤ人の家庭では民族の神話を教えている。現代の日本で、『古事記』や『日本書紀』、『先代旧事本紀』が食卓で話題になることはない。

自分の国も愛せないのに、国の愛し方を教わらなかった子どもが
幸せになれると思いますか？
（金美齢）

（スライド7）
「神社が最後の砦」

日本の復興を考える時、「神社」が最後の"砦"になる。その理由は、コンビニより多い、全国に散らばっている、ネットワークがある。神社は、ニッポン人の先祖の叡智が

詰まっている記憶装置である。神社とニッポン人の霊性は、とても親和性が高い。

　ゆえに、神社を復活させることができれば、ニッポン人の霊性を高めることができる。ニッポン人の霊性が高まれば、日本の復興につながる。

「なぜ？　出雲神殿の復活なのか」

　出雲に神殿を復活することができれば、全国の神社へ向かって発信できる。出雲では10月は神無月ではなく「神在り月」であり、全国の神社から神様が出雲へ集まる。全国へ向けて、神社復活を呼びかけるのに最高の場所である。

（スライド8）

「伊勢神宮の社 VS. 桂離宮の映像」

　国譲りの神話の場所だけに、出雲神殿は日本建築の原型でつくりたい。SHIRAIは日本建築の原型として、「伊勢神宮の社」を提唱した。対してTANGEは「桂離宮」を推した。私はどちらも違うと思う。

（スライド9）

「カバラの樹・生命の樹 VS. 火焔土器の映像」

　正解は……私が設計デザインする出雲神殿は、“太陽の塔”であると考えている。TAROが太陽の塔で表現したことは、生命の賛歌、生命の根源への回帰、宇宙生命の身体化である。太陽の塔には、生命エネルギーを感じる。根源から未来へと噴き上げる生命のエネルギーを身体じゅうで

感じることができる。生命の神秘を表現している。そこには、ニッポン人の誇らかな生き方、原始社会の尊厳、生命力のダイナミズムが体現されている。

太陽の塔から発せられているメッセージは、

「縄文へ還れ！」

である。

コルビジェも遺言しているという。

『日本建築とニッポン人、縄文から現代まで紐解く必要がある』

フランス人でさえ……理解しているのに、なぜ、日本では“縄文”が継承されていないのか。甚だ疑問であると、私は思う。

ゆえに、私の出雲神殿のコンセプトは、

「五重塔ではない日本、ニューヨーク、パリの影でない日本、オリジナル・ニッポン！」

になる。

“五重塔ではない”という点については、90パーセント以上の日本人が勘違いしているが、日本的なモノや事となると「京都と奈良」を挙げるはずである。冷静に考えてみてほしい。あの文化は、“唐様”である。中国あるいは朝鮮など大陸の文化がベースになっている。日本の“オリジナル”ではない。

“ニューヨーク、パリ……”の件については、明治以降、日本人は舶来主義あるいは白人至上主義にどっぷりと浸かってしまっている。舶来品はすばらしい、海外で流行る

ものは皆上等であるという価値観を植え付けられてしまった。

　なぜ？　日本が日陰の身にならないといけないのか、甚だ遺憾である。いまこそ、出雲神殿を復活させて日本のオリジナル文化を取り戻そうというのが、建築のコンセプトになっている。

「なんのためにつくるのか？」
　世界中から賞賛された高い霊性を体現していた人たちは、もうこの世にいない。世界から賞賛を受けていたのは昔のニッポン人である。その人たちはもう生きてはいない。
　しかしその人たちが残した型を真似ることによって、自分の中に先人たちの"霊性"を取り込むことができる。言い換えれば、"型"は、神社であり先人たちの知恵や叡智の記憶装置であり、神殿と向き合うことでニッポン人本来の高い霊性を取り戻すことができる。

『出雲神殿に祀る神』
　私は、スピノザのいう神が一番近いと思う。

　―スピノザの神―

祈らずに　楽しみ愛し歌え　寺院より　山や森川や海　そこに私を見よ

祈ったり、告解したりするのはやめなさい 楽しみ愛し歌え、この世界が与えてくれるすべてのものを 寺院より山や森川や海そこに私を見よ 春風に花びら舞い散る命も美し

祈ることや罪を悔いることは必要ありません
この世界のすべての贈り物を楽しみ、愛し、歌いましょう
あなたが自分の家と呼ぶ寒く暗い寺院には行かないでください
私の家はそこにはなく、山や森や川や湖や海岸にあります
そこが私の家であり、私の愛を示す場所です

私に関する文章に惑わされることなく
もし私に近づきたければ、美しい景色の中で私を探し、風や熱を感じてください
何も聞かないでください、私はあなたの人生を変えることはできません、あなた自身ができるのです
恐れることはありません、私はあなたを裁いたり批判したり罰したりしません
私を単純なルールで敬うべき存在とする人たちを信用しないでください
彼らはあなたに不十分さや罪悪感を感じさせるだけです
あなたを支配しようとするものです

この世界には、あなたに見せたい美しさがいっぱいあります、それを見つけるかどうかはあなた次第です

私があなたにルールを与えたと思わないでください、あなたは自分の人生の主人であり、それをどうするかはあなたが決めることです

死後のことは誰にも分かりませんが、毎日を最後のチャンスとして、愛し、喜び、必要なことは何でもしましょう

それがより良く生きることに繋がります

誰かが私の存在を主張しても、私を信じる必要はありません

常にあなたの中にも周りにも、私を感じていてください

（第2回講義）神社の解体 re・design

（テーマ1）出雲大社所蔵　神殿の平面図から

　私が復活させようとしている神殿の高さは、一番高いところで40mくらい。現在のスケールに置き換えると、9階建てのビルの高さくらいになる。柱列の構造になっていて、すべて木造でつくる計画である。1本の柱の太さは、女性1人がすっぽり入れるくらい。

　現在の大社の社は、江戸時代以降の建物である。もともとは40mの高さがあった。平安時代までその高さは確保されていた。鎌倉時代に30mになり、江戸時代から現在のカタチになっている。私が復活させようとしている神殿は、出雲の祖先の人々がつくったもともとのカタチである。

（テーマ2）私からの質問

「人類最大の発明は何？」

　科学技術であろうか、それとも医療分野、特許、発明品だろうか。

　私の答えは、"神"である。シャニダール人が世界最古の埋葬をしてから時を経て、人類は地球上に神を生み出した。人類は、この地球上に多種多様な神をつくり出す。それが時には紛争の火種にもなっているが……。人類は、宗教の違い、信じているものの宗派が異なるだけの理由で殺戮できる。それが人類史である。

「世界には2つ変わった国がある」

　世界には2つ特異な国がある。その答えは、"バチカン"とわが国"ニッポン"である。その理由は、どちらの国も国の最高位に居る人が"神官"であることにある。世界には多数の国が存在するが、神官が最高位に居る国は他にはない。2つの国とも、独特の空気が流れている。

「神はどこから来たのか」

　世界の国々で、神はどこからやって来たのか。

　少なくとも、ニッポンの神々は、出雲も伊勢も香取も鹿島も、神は海からやって来た。縄文時代の古地図をみるとよくわかる。現在の地図と重ねると、縄文時代に神社がある位置は海岸線にあり、鳥居辺りに立って断崖から海を見下ろしていたことがわかる。縄文時代の鳥居の位置は現在の海の中に水没することになる。

「そもそもニッポン人の信仰とは？」

　現代の日本では、仏教があり神道がありキリスト教があ
りモスクもできてきている。

　そもそもニッポン人の信仰とはどのようなものか。ニッ
ポン人の信仰を一言で表現すると、

『何かみえざるものの存在を感じる』

　になる。元来、ニッポン人の信仰は、太陽や月、森や
川、磐座など自然崇拝が中心である。しかし、現代ニッポ
ン人が生活している環境には"自然"がない。著しく都市
化が進み、"花鳥風月"に例えることができる要素がどん
どん消滅していってしまう。

　こんな状態では、古代の人々のように"詩"が生まれる
はずはない。和歌がそうであったように……毎日の生活の
中で、ニッポン人が花鳥風月を意識しなくなった時からさ
まざまな社会問題が起こり始めた。

（テーマ3）私が出雲神殿で表現したいこと

1. 手つかずの祈りの場をカタチにしたい

　スライド

〈大湯環状列石の映像〉

　ストーンサークルで有名なのは、イギリスのストーンヘ
ンジである。紀元前2000年代に建てられた。巨大な石が馬
蹄形に配列されていて、氏族や部族のまとまりをたもつた
めに儀礼や祭典がここで繰り返された。

　日本はもっと古く、6000年前からストーンサークルがつ

くられた。秋田に集中している。縄文の人々の精神世界の一端が浮かび上がってくる。この施設をどのように使っていたのか、わかっていない。天文台、墳墓、祭祀場跡などはっきりしない。

　日本では、長野県から西では非常に数が少なくなる。落葉広葉樹の分布と一致する。自然環境から紐解かないとストーンサークルの謎は解けない。秋田県にはふたつの日本の代表的なストーンサークル、「伊勢堂岱遺跡」と「大湯環状列石」がある。祭祀跡と言われている。墓や天文台などの機能もある。謎を解くには好適なストーンサークルである。

　組石が季節の移り変わりを示し、遺構の下に死者が葬られている。手形や足形の土版が残されている。小児の手形・足形を押し付けてつくられた。死んだ子どもの手型、足形を親が形見として持ち、親が死んだ時にこの土版を副葬した。幼くして亡くなった子どもへの祭祀と関係して使われていた。秋に葉が落ちて枯れ果てたようになる木々が、春になるとまた緑の葉が青々と再生する。"死者の再生"を願ってつくられた。

　縄文時代からあるクリ、ナラ、ブナなどの木々を植樹してつくられた森「縄文の森」がある。これら木々の茂っている場所にストーンサークルがあるのも不思議ではない。やはり"命の再生"ということを考える必要がある。

　"生者"の祭祀、つまり子孫繁栄や無事な出産を、また"死者"の祭祀を、つまり死者の再生を願っていた。また、この対照的なストーンサークルが同時代につくられ、か

つ、位置的にほぼ同じ緯度に位置するのも偶然とは思えない。

　"冬至"が非常に重要な日になっていた。冬至に太陽の力が最小になり、この日以降に太陽が力を増す、つまり再生を意味する。死者が葬られた環状列石は東に位置し逆さまになっている。基準が太陽ではなく"月"であったことが関係する。夏至には月の勢力が最小になり、この日から勢いが増す。つまり月が再生する。

　縄文時代は死者の手足を折り曲げて葬る"屈葬"という形態が主である。これは四肢を曲げることで死者の霊を封じ込めた、あるいは胎児の姿勢をさせることで再生を願おうとした。死者と出産が結びつけられていた。

　人が死んで再生を願う場所と、生命が授かり無事な出産を願う場所、輪廻転生、日本人の"ハレとケ、ケガレ"の思想の起源がこのストーンサークルにある。ぜひ謎解きをして、出雲神殿では、縄文の人々の精神世界の広がりを表現したい。

2. ニッポンの原風景、里山環境をカタチにしたい
　スライド
〈熊野・大斎原（おおゆのはら）の映像〉
　私は、ニッポンの原風景を継承したいと考えている。

　里山は、人里と密接に結びついている場所で、田畑や池、山や山林、草原などが含まれる。原生林のような自然と、ビルが林立する都市の人工がある。このふたつにはさまれて、里山は自然でもあり人工でもある中間領域を意味

する。

　主食となる米をつくる水田は人工の環境である。しかし、春に水が張られると水中でヤゴが育ちトンボが暮らす自然を生み出す。近くに必ず森がある。人が暖をとるための木材の生産地であった。森にはさまざまな昆虫や動物が住んでいる。牛の食糧のための草原には彩り豊かな花々が季節ごとに咲く。そこには多様な動植物が生活している。里山はさまざまな生き物が暮らす場所である。

　しかし、日本の里で蛍の姿を見られなくなって久しい。ここ50年でニッポンのふるさとは大きく姿を変えてしまった。経済成長にともなって農村にも道路が次々につくられ、自動車が日本全国どこでも走り回るようになった。食料はスーパーやコンビニで買うことができるようなり、里における自給自足の生活は必要なくなった。森で日々の薪を集めたり炭を焼いたりすることもしなくなった。牛や馬もみられなくなった。

　ふるさとの地で人々の自給自足の生活が失われると、里山も生物多様性を維持できなくなった。季節ごとに親しまれてきた野の花々はその多くが里山から消えてしまった。野の花を食草にしているチョウも絶滅の危機にひんしている。

　野の花は里山ばかりでなく、人々の感性の中からも消えようとしている。里山が身近な存在だった時代の日本人は、野の草花に四季を感じ自然観を歌い上げてきた。例えば1000年以上前に詠まれた『万葉集』には、さまざま里山の植物が何度も主役として登場する。現代の文学作品から

は消えている。日本には先祖の霊を自宅に迎えて供養する「お盆」の習慣がある。その時、仏壇に供える花は里山で集めてきた。それは子どもたちの仕事だった。今では園芸の花を花屋で買う時代になっている。

　里山は、かつての日本人が郷愁を覚えた日本の原風景であった。出雲神殿では失われたニッポン人の感性と自然との関係を表現したい。

3.　蒼茫にある一つひとつの生命を大切にしたい
　スライド
〈アフリカ人女性が赤子を抱いている映像〉

　出雲神殿で、私は"ちいさないのち"を夜空の星々のように表現したい。神殿は、思いがけない出来事で途方に暮れている人や、もう生きていけないと思い悩み追い詰められた人たちのためにつくりたい。一部の為政者や権力者、既得権者のためではなく、蒼茫の中にある一つひとつの生命のためにありたい。

　祈りの向こう側には、身体を休め心を癒やすことができる場所や、一つひとつの小さないのちを守るための場所がある。24時間365日いつでも訪れることができる。相談や祈祷のためのお金を必要としない。訳あっていろいろな理由で実際に訪れることができない人たちも相談できるようになっている。さまざまな専門職が対応する仕組みになっている。

　思い悩み苦しんでいる人たちの力になりたい。24時間365日いつでも祈りの向こうで待っている、そんな神殿に

したい。

スライド
〈バチカン市国教会VS.伊勢神宮社の映像〉
「なぜ立派な神殿が必要なのか？」
　世界中の宗教宗派では、なぜ立派な神殿をつくるのか。
その理由は、"額縁"が必要となるからである。神が"フェ
イク"だからである。多くの人々に神の御業を信じ込ませ
るためには立派な額縁が必要になる。
　前の講義で話したように、神は人類が生み出した最大の
発明品である。神の足元に集った人々に対し、天国や地獄
などの"ファンタジー"を信じさせるために、天空まで届
く塔が必要になる。

4.　プロトタイプ
　　いま私のイメージに一番近い神殿のカタチ
　スライド
〈大型柱の縄文神殿の映像〉
"三内丸山"である。三内丸山遺跡の発見によって、かつ
ての常識は覆された。一般の人が知らなかった縄文の実力
がそこにある。最近になり縄文ブームが起きて、ようやく
日本人が自国の歴史に目覚めつつある。これまで縄文の文
化は、渡来人文化によって一掃されたと教えられてきた。
だがそれは大きな誤りである。
　DNA分析方法の発達により、遺伝的にも日本の縄文人
たちは特異な特徴を持っていたことがわかった。しかも縄

文人の暮らしは原始的ではなかった。現代日本に通じる信仰と習俗と生活様式がすでに完成されていた。人類史上稀な農耕以前の定住社会と豊かな精神文化が育まれていたこと、長期間にわたり継続した採集、漁労、狩猟を基盤とした定住社会の変遷を網羅していること。

　通常、人間は農耕を行うようになって初めて定住するようになる。農耕を始める以前は、季節やその土地の食料の量に応じて移動しながら生活する。しかし縄文遺跡群で生活をしていた人々は農耕を行っていなかったにもかかわらず、集落をつくり長期間定住していたと考えられる。世界の例を見渡しても、非常に貴重な実例である。

　三内丸山遺跡においては、特に集落内の道路や大型の建物などが計画的に配置されている。都市国家がそこにある。人々が長期にわたって定住することを前提につくられている。人々が定住を開始した初期段階から農耕が始まる手前までの変遷を、遺跡を通じてみることができる。

　三内丸山遺跡のアイコンは、大型柱の縄文神殿である。柱は穴を掘って礎石を用いず直接柱を建てている。集落の北西の端、台地の縁に建っている。直径2m、深さ2mの柱穴が4.2m間隔で3本、これが2列あって、それぞれの穴に直径1mを超えるクリの巨大木柱が屹立していたと推定される。

　つまり6本の柱が立っていた。柱が2度ほど内向きに傾いており、土台に砂と粘土を入れて、ちょうど三和土のように硬く固められている。柱穴の土壌を分析した結果、高さ17m程度の柱が建っていたことがわかり、現在では巨大

タワーが復元されている。いずれにせよ、縄文人が現代人の想像を遥かに超える巨大建造物をつくる知恵と技術を持っていたことの証明になる。

縄文社会は平等で、上下貴賤の差はない。農耕が本格化し貨幣経済が生まれた弥生時代に至って階級差が生まれてくる。"個体同士が競争することは生物の本質"かもしれない。ホモサピエンスがつくりあげる社会は、根本的には時代を問わず不平等なのかもしれない。むろん縄文社会も例外ではないかもしれない。

だが縄文時代の階級の差は、我々が想像するものとは異なる。少なくとも縄文時代に組織的な戦争はほとんど起きていない。強い王を求めた様子もない。むしろ独裁的な為政者の出現を嫌っていた。石器時代のアイヌやインディアンの社会でさえ階層化が起きているにもかかわらず。

縄文社会では、富や財宝を貯蓄する経済力や軍事力の差から階層化が起きるわけではない。単純に富を手にした者が持たない者を力で支配するのではない。縄文の場合は"信仰"と"儀礼"に特徴がある。縄文社会では、貨幣でなく財宝でもなく宗教的、芸術的な土器をつくらせ手に入れることができるその数で、貧富の差を示していた。

非実用的であり宗教的であり芸術性の高い工芸が発達したのは、王国と庶民として暮らす人たちと為政者（権力者）側にいる人たちとの間に信頼関係が成り立っていたからである。いわゆる「威信経済」が機能していた。しかも民衆は、毎日の生活の中で神々に祈りをささげ、神が人々の生活の中に根付き「集団儀礼」が定着していた社会だか

らこそ成り立った。

　そして保有できる土器の数は、神との儀礼的関係、すなわち神々との関係の深さを意味する。優劣の差が、財宝の量や政治力の強弱で決定するような単純な権力社会ではなかった。

　南西斜面の環状配石遺跡の下層部から、土坑墓3基が重なってみつかった。北側に隣接する遺構からも、土坑墓の遺構2基が発見された。死者を埋葬する場所、墓という意識を持ち、亡くなった同胞を同じ場所へ埋葬することが慣習化されていたことがわかる。

　さらに縄文から弥生への移り変わりは、革命というよりはむしろ進化である。縄文社会の為政者層の人たちが高度の知識を持ちスペシャリストだったからこそ、円滑に移行できた。

　スライド
〈大国主幸魂奇魂像（さきみたまくしみたま）の映像〉

　それは出雲で下りてきた。2022年6月3・4・5日と出雲を訪れた時に腑（ふ）に落ちたことがある。大社に参り「大国主幸魂奇魂像」の前に立った時に、上からメッセージが下りてきた。空港で突然私が叫びたくなった"oe-----------"は、"幸"御霊と"奇"御霊であることがわかった。

　幸御霊と奇御霊を言霊で表すと、"oオ"と"eエ"になることを宝物館を訪れて知る。館内の解説ビデオを偶然に目にした。アニメになっている大国主命が両手をひろげて天へ向かって"オ""エ""————"と叫んでいた。その

説明を聞いて理解した。

　同じように出雲のkey №は、"1"と"4"である。出雲滞在中に頻繁に目に入り縁を通じた「数魂」である。神殿を設計デザインする際のkeyになるはずと直観した。数魂"1"と"4"を基本にした黄金比でデザインしていくことになると、私は直観した。

　さらに神殿の四隅の柱に「四魂（荒・和・奇・幸)」の御霊のエネルギーを注入する。この下りてきた閃きを受信して、画竜点睛の"龍の目"を出雲の神々より授かった気がした。御霊のエネルギーを四隅の柱に注入する。エネルギーは天から授かる。降臨させることで初めて、出雲神殿は完成する。神殿という建築物に魂（龍の目）が入る瞬間である。

　ニッポン人が祀るべき神とは

　「自然淘汰というのもあるだろうけれど、
　　自然（大いなる力）と呼応することで
　　いのちがかたちになっていく……
　　虫を見ていると、自然とは何か、
　　神とは何か、自分とは何か……
　　そんなことを考えさせられる」
　　（養老孟司）

　私はこの言葉を受けて、出雲神殿では大いなる力を"神"というならば、

"すべてがひとつ"

　自然と呼応する。この祈りの場を、かつて人が自然と交感しながら生きていたことを思い出すことができる"時とところ"にすることを誓った。

　そして、私の神社を解体し、RE・DESIGNは、
「神社はもっと!!　縄文的・呪術的であれ！」
を具現化する。

　全国の神社をニッポンの信仰の原点に戻す。それが私の出雲神殿で実現したいことである。日本の古代のシャーマニズムであふれる神殿にする。

　フォルモロジー（形象学）の大家TANAKAと出会う。日頃より、歴史、考古学、形象学、デザイン、文化政策学、社会学、地域政策学を基本に、建築家ならではの論文を書きたいと思っていた。

　"文字"では表せなかった美の衝撃が日本にはある。歴史学者や考古学者が見落としていた真実を浮き彫りにしたい。古墳、法隆寺、聖徳太子の謎に迫りたいと考えている。そして万世一系の天皇も"形 カタチ"の美として捉え直したい。

　"日本再発見！"

　文字資料には表れない、隠された日本文化の特性は"形 カタチ"を読み解かなければ本質はみえてこない。そのとき役立つのがフォルモロジー（形象学）である。そのフォルモロジーを駆使し、日本文化を再発見、再評価していきたい。

形象学の真髄は、

「文献文書では……文字で残されている記録は信用ならない」

　である。遺跡など、3次元の実体で残されているものから想像するべきである。建物を実際に設計してきた、建物と向き合ってきた建築家にしか気づけない視点があると私は考える。考古学の分野において、建築家ならではの研究成果を提唱したい。

　神殿に祀る神（火水）は……「スピノザの神」であろうか。

"Deus sive natura　神か自然か"。

　　神に囚われているのではなく
　　自分を神に向けて明け放っている
　　明け放っているから
　　広く自由なのです
　　（byマザー・テレサ）

　最期の審判とか、裁くとか、告解とか、罰が当たるといった誤った神（火水カミ）の洗脳から人々を解放したい。

【集合的無意識】

　聞いておくれよ。イメージすることは、ただ夢見ることじゃないんだ。高い次元で「生み出す」ことなんだよ。バラの花びら一枚を思い浮かべてごらん。そこに働く力。そ

れは考えに形をくれる力なんだ。形があれば命もある。君たちがイメージするたびに、そこに新しい命が生まれるんだ。じゃあ、記憶（像）って何なんだろう。思い出す時、自分のイメージと違うものがあるかい？　ないよね。ないんだ。つまり記憶もまた、形を作る力でできてるんだよ。君たちは記憶という形で、生きた考えの姿を毎日積み重ねて、潜在意識に送ってるんだ。じゃあ、潜在意識って何なんだろう。それは命の海さ。生きる力が溢れる海さ。君たちは潜在意識という命の海を、心の中に持ってるんだ。でもそこは乱れた命の海なんだよ。君たちはその命の海を、穏やかで静かな海にして、深く潜れるようにしなきゃならないんだ。深海には君たちが知らない―と思ってる―命がいっぱいいるんだよ。君たちが作った命もあれば、みんなで作った命もある。君たち自分の潜在意識が自分だけの海域なら、みんなの潜在意識は公共の海域さ。そして深海っていうのは……無限の命と出会える場所なんだよ。宇宙へ行く道は、そこにあるんだよ。

【Collective Unconscious】

　Listen carefully. Creating an image is not just a mere fantasy. It is a "creation" in a higher dimensional world. Imagine a single petal of a rose. The formative power that is used here is what gives shape to your thoughts. Shape is life. Everything that has a shape has life. When you imagine something,life is born there. Then, what is memory（image）? When you recall something, is there any difference between your own image and it? No. There is none. That means memory is also made by the formative power. You are accumulating the forms of living thoughts in the form of memory every day, and sending them to your subconscious. Then, what is the subconscious? It is the sea of life. It is the overflowing of life force. You have the sea of life called the subconscious inside you. But it is a chaotic sea of life. You can calm down the sea of life, and make it a peaceful and tranquil sea and dive deeper into it. There are lives that you have never seen—or so you think— in the deep sea. There are lives that you created, and lives that were created collectively. If your own subconscious is your own territorial sea,then the collective subconscious is the high seas. And the deep sea is... a place where you can encounter infinite lives. The entrance to the universe is there.

第6章—クローザー・ネットワーカー

2022年11月20日

　元出雲は、もみじの葉が道の上におりかさなるように落ちていた。豪雨であった。氷雨であった、バスの窓をたたくはげしい雨が。

　鳥居に着くとピーンとはりつめた冷たい空気が身体を包んだ。奉納の時が近づくにつれて……雨はやみ、紅い葉に陽ざしが反射してきた。萌えるような紅になっていった。

　奉納が続く。能、神楽、謡い、書、水墨画、剣舞と。奉納の儀が終わる頃に宮司さんが話す。

『ここにも神殿があったのです』

　と。私は一瞬で身体が動かなくなった。島根の大社と同様、採掘すれば神殿の痕跡が出てくる。宮司さんからそう聞いた。

　無事、宮司さんの正式な許しもあって、「出雲神殿の設計図書一式」を正式に本殿へ納めることができた。ホッとした時に、ONISABUROUの末裔DEGUCHIがぽつりとつぶやく。

『これで実現できるね……』

　続いて、

『ひょっとして……この場所でいいんじゃないかな……』

　と。

そんな時に、彼女から、

「出雲神殿をみた」

　と連絡があった。彼女は“宇佐神宮”にいる。裏門から続く階段のところ、ケーブルカー乗り場に「出雲神殿」があった。宇佐神宮は、卑弥呼が眠るといわれている古墳の上に建てられている。

設計プラン

　元出雲から、ここから始めることにする。崇敬会において神殿建設に向けて説明会を開催することになった。私は、そのプレゼンのために「準備資料」を作成することにした。

　出雲大神宮の敷地を測量することにした。同時に踏査フィールドサーベイを行い、敷地の“地勢”を調べる。敷地内の各地点におけるエネルギーの強弱と流れの方向である。水の流れ、地盤の高低差、地質構成、夏に風はどちらから吹くか、他方、冬の季節にはどちらからの風が強く吹くか、季節ごと、時間ごとに、光がどのように差し込むか、朝と昼、夜の敷地の状況をくまなく調査する。

　この調査結果をもとに、“基本プラン”を作成することにした。同時に、宮司から聞いた伝説に従い「発掘調査」を行う。島根の大社で発掘されたような柱の痕跡を探す。痕跡がみつかれば、柱の配置跡を頼りに神殿のカタチを再現していく。

● 地盤調査

　元出雲には2か所磐座がある。私はここに彼女が宇佐神宮でみた出雲神殿のように、磐座に到達するまでの長いアプローチの階段をつくり、磐座を囲うように神殿本殿をつくる計画にした。

　天空に神殿を安置するためには、支持強度が高い堅固な柱が必要になる。柱本体の強度が高いだけでは神殿を支えることはできない。柱の基礎が強固でなければならない。支持力の大きい地盤強度が必要になる。計画地の地盤強度を確認するためと神殿の柱の痕跡を探るため、地盤調査をすることになった。

　私は以前から一緒に仕事をしている一番信頼している応用地質学の専門家であるHIGUCHIを呼んだ。ボーリング調査が始まった。どんな地層が堆積しているか、地下水は地面の中でどの位置を流れているか、基礎地盤にはどのくらいの強度があるのかについて解析してもらった。

● 基礎形式の検討

　地質調査の結果を基に、どのくらいの太さの柱をどのくらいどのように配置すれば神殿を支えることができるか、その解析作業に入った。大型コンピューターを使い、さまざまな前提条件を変えて繰り返しシミュレーションを行った。基礎地盤の条件、上に載る神殿建屋の条件、あらゆるケースを想定して解析を重ねた。

　解析の結果、必要な柱の太さ（断面積）、必要な本数、配列が決まった。3D立体化してモニターの中で確認して

みる。出雲で授かった数秘である"1"と"4"を基本モジュールにして美しくデザインした。そう……ちょうど……ノーマン・フォスターが設計した「ミヨー高架橋」のように。TANGEも"構造的に強いものはデザインとしても美しい"ことを教えてくれた。

● 神殿／社の建屋

　長く天空に続くと思われる先に「神殿」をつくる。私は机の上に真っ白な図面用紙を置いた。"ファーストプラン"をつくる時に愛用しているドラフターの前に座って。いつも天から下りてくるのを静かに待つ。ただただ待つ。いつもどのくらいの時間を待っているのだろうか。

　私は「コンセプト」を再確認した。学生たちにいつも講義しているあの"コンセプト"である。モチーフは三内丸山遺跡の縄文神殿と、日御碕神社の海底遺跡、与那国島の海底遺跡、そして巨大オブジェそのものを生命の樹、カバラの樹に見立てた岡本太郎の「太陽の塔」である。

　やがて……「音」が聴こえてくる。人間の耳では聴こえない音である。イメージが少しずつ下りてくる……だんだんとイメージになってくる。私はモチーフの参考にした映像を何度も何度も見返す。アイデアが浮かぶ……これの繰り返し。作業が続く。

　人類がつくり出したフェイクの神や、ファンタジー化されたドグマやサクラメントを信じ込ませるための施設ではない。基本は単純な柱と梁材を主とした架構構造でまとめる。西洋の神殿や唐様に彩られた伊勢や京都にある寺社仏

閣のような派手な演出や虚飾は要らない。

　神殿に「一霊四魂」を込める。シンプルな構造材である四隅の柱に“四魂”を降ろす。“一霊”は、長い斜路アプローチを複雑な感情と格闘しながら歩き続け、ようやくたどり着けた祈る“霊止ひと”である。天空の神殿では、倭人の祖廟の神や精霊の王たちが待つ。縄文の神々も祝福して待っていてくれる。

　私は、下りてきたイメージアイデアを3D立体化し、社建屋全体のカタチを確認した。図面もCADデータ化し提出した。モニターの中で視る角度を変化させて建物全体を回転させながら、何度も何度もカタチを確認した。“コンセプト”が妥当であるか、カタチは美しいか、全体のバランスは調和しているか、検証作業が続く。

「出雲神殿としてふさわしいカタチであるか」

　私はここを起点に島根の大社へ水平展開していくことを考えた。左甚五郎、天海上人は、「日光東照宮」をつくる時に、まず日本平で“ミニチュア”の東照宮をつくった。模型としてそれから本格的に日光の東照宮へとりかかった。私は、この推進モデルを真似ることにした。模型づくりの段階で課題を洗い出すだけ洗い出して、問題点をつぶすだけつぶして、大規模な出雲の神殿へとりかかることにした。

　この場所は、DEGUCHI家の本拠地であり、代々受け継がれてきた場所、地元の名士たちも神社関係者もDEGUCHI家とゆかりのある人たちである。協力を得やすい。地縁血縁を生かせるところ、地の利があるところであ

る。

　正直なところ私には目算があった。綾部のOOMOTOの協力を得やすいと考えた。元出雲の奉納にはOOMOTOからも列席していた。両者の関係の深さを感じた。

2022年11月23日

　11月23日は「新嘗祭」である。2022年のこの良き日に歴史的な同席が行われた。ユダヤのラビ、イスラムの霊主、カトリックの司教が一堂に会した。

「新嘗祭」は五穀豊穣を祝う例祭である。これに因んで"収穫祭"というキーワードでくくり、教義と宗派を超えて祝った。

　この祭祀に先がけて「下鴨神社」において奉納の儀を執り行った。安倍晴明の師にあたる加茂一族の神社である。陰謀の渦、権謀術策の足跡、暗いドロドロした空気感に包まれながら奉納した。

　奇跡の同席の1か月後に、ニッポンの"アヤソフィア"を訪ねることになった。私はタウトが愛したブルーモスクが好きだ。"ノーザンライト"の空気感ただようモスクが好きだ。ここでイスラム教に対し宗教上の誤解があることを知った。

　そんなとき訪問している最中にうれしいニュースがとび込んできた。奇跡の同席がキッカケになり、

　"世界平和を祈る"

　ために、ユダヤ、カトリック、イスラムに加え、密教寺

院の参加が決まったというニュースがとび込んできた。門外不出の公家の密教を護ってきた寺院である。この参加は仏教という宗教団体が参加するという意義に加え、公家ゆかりの寺院が関わるところに大きな意味を持つ。

この日「熱田神宮」を参詣した。

ここで"草薙の剣"を授かった。

"出雲で剣を授かる"儀式の後、さらなる次元上昇のため、この地に私は呼ばれた。

シャグジ

私は彼女とふたりで柳田國男の『石神問答』を手に旅に出た。

「石神シャグジ」は4000〜5000年前ほど前、この列島に国家が存在しなかった時代の神である。ニッポン人の記憶の奥底、さらにDNAへと遡るときに初めて出逢える"古層の神"である。この手つかずの神は、大和朝廷や明治政府など国家が誕生すると、この神は零落してしまう。いわゆる"神殺し"に遭う。

しかしながらこの縄文の「精霊」は日本の各地、地方にたくましく生き残っている。"技芸者"芸能を修める人たち、日本文化を守る専門家たちの世界で大切に受け継がれてきた、"宿神シャグジ"という名で。特に能や造園家の分野において深く敬愛される存在のままである。国家の秩序を支える神に力を与え、秩序の世界に創造をもたらす存在であった。中世には「後戸の神」と呼ばれた。

本書の旅は不思議な話から始まった。中世における宿神の奇跡をたどり、縄文の要素が多数残る「諏訪」へと向かった。地域、地域で太古の記憶と出会う。不思議な感動がふたりの身体中をはしる。そこからさらにユーラシアに散在する宿神の痕跡を追いかけることになった。その旅でふたりは、人類の普遍性にふれる体験をした。

「本当に……世界を動かしている力は何ものなのか」

　壮大な人類史を感じた。国家の誕生、権力者の構図ができるとともに殺され、奥深く埋葬された。遠く忘れられた"精霊"である。技芸者だけはこの神を創造の"源"として敬愛し続けた。藤原成通、金春禅竹、中世期の宿神の軌跡をみることができる。ユーラシア大陸に存在する普遍性を持つ。

"真の王 キングは誰なのか"

　いま地球上の人類たちはその精神が問われている。この宿神こそが実は日本神話の大元になる。

　今回の旅により、ミシャグジと諏訪大明神の関係も明らかになった。神社の存在理由も知ることができた。私と彼女にとって、真実とも幻想とも言えない……「知」の旅であった。柳田國男、折口信夫、諏訪の神、ユーラシアに広がる精霊をめぐる旅。縄文の神はとどまるところを知らない。

蠟燭岩から

「ゼロ磁場」の話題を耳にして、エネルギーが世界一の場

所、エネルギーでみると世界各地の中で最高の場所は、かつて“平城京”があった場所であると聞いた。そんな私と彼女は……隠岐の島、国賀海岸の摩天崖にいる。

「蠟燭岩は地面に突き刺した楔かも……しれない」

このカタチが“楔”、杭を連想させた。

私と彼女は、旅の途中で“啓示”を受けて……東京TOKYOへ戻った。

「時間がない！」

とそう直観した。

ミッションは、お茶の水にあるレンガで造られたアーチ橋の下、湯島聖堂の下層深くに、

『楔を打て！』

であった。

しかし、これは始まりにすぎなかった。年明け2023年から私と彼女の“楔を打つ”旅が始まる。香取神宮、鹿島神宮、息栖神社と続いた。

伊勢神宮が日本を代表する神域になっているが、関東にそのパワーをはるかにしのぐヴォルテックスポイントがある。「東国三社」と呼ばれる3つの神社と神宮である。茨城県の「鹿島神宮」と「息栖神社」、千葉県の「香取神宮」の三社である。

常陸国一ノ宮は鹿島神宮、下総国一ノ宮は香取神宮である。それぞれ国府は石岡と市川である。両神宮ともに創建は古くて記録ははっきりしない。鹿島神宮は紀元前660年の創建とされ、香取神宮も紀元前643年と伝えられてい

る。伊勢神宮が紀元前4年（内宮）であり、これより600年以上前の創建になる。

　卑弥呼が3世紀初めであり、大和朝廷の成立が4世紀頃である。平安時代の『延喜式』によると、伊勢神宮・鹿島神宮・香取神宮の三社だけが"神宮"の称号で呼ばれている。それだけ特別な神社である。

　両神宮に祀られている神は、『日本書紀』『古事記』に出てくる出雲の国譲りの神話において、日本の支配を古代出雲から大和朝廷（天皇）へ譲るために、大変重要な役割を果たした神である。この二神に反対した大国主命の第2王子は、諏訪まで追われて逃げ込み、諏訪神社の神として祀られている。

　これは神話の世界であるが、それぞれの神社の置かれた位置を考えると、非常に興味深い。それぞれの神社の関係を線で表すと、"レイライン（光の道）"が浮かび上がってくる。しかも、この3つの社を結ぶと"直角三角形"が浮かび上がってくる。このトライアングルエリア内は強力なヴォルテックスポイントになっている。

　ふたりは潮来に到着した。坂東太郎（利根川）が眼前を流れる部屋にいる。ふたりは川面に沈む夕陽にみとれていた。

「三社詣りが無ければ……このままこの水辺の風景をみていたいね」

　と、ふたりは共に思った。

　鹿島神宮に着いた。雨である。浄化の雨であると、ふた

りは感じた。山門をくぐってすぐに強い神氣を感じた。さ
すが武門の神である。ふたりはなんとなく本殿ではなく、
左の森の空間へ誘われた。自然に身体が引き寄せられた。
そこには、あたたかい包み込まれるような神氣が流れてい
る。

"彼女の涙が止まらなくなる"

「祖神」が祀られていた。最初に鹿島の地に神が祀られた
ところである。奥宮の前を御手洗池とは反対のほうへ進み
「要石」にたどり着いた。凹型である。鳥居や柵でしっか
り守られている。神宮の中でも、謎の多い"石"である。

「これも"楔"か……」

　とふたりは同時につぶやく。

　鹿島神宮の「要石」は、地上にみえている部分はほんの
わずかである。実はこの石は地震を起こすオオナマズを押
さえ込んでいるという伝説が残されている。水戸光圀が掘
り起こすように命じたが、7日掘り続けても底がみえなか
ったという逸話が伝えられている。香取神宮にある要石
とつながっているという伝承がある。

　ふたりは続いて「一之鳥居」へ向かった。日本最大の水
上鳥居である。

　1300年の歴史を誇る奈良の「春日大社」は東国三社と比
べると全国的な知名度はあるが、実は御祭神のタケミカヅ
チを鹿島神宮から、フツヌシを香取神宮、アメノコヤネを
枚岡神社から迎えて始まった。タケミカヅチとフツヌシは
「出雲の国譲り」で、アメノコヤネは「天孫降臨」で大活躍
した神々である。タケミカヅチをお祀りするのが茨城の

「鹿島神宮」である。"朝日"を望む東の一之鳥居、"夕陽"を望む西の一之鳥居を備え、太陽神アマテラスと縁が深い。

　古の時代、文明が興った地域では、太陽が昇る東方に"光"や"黄金"、"楽園"があると信じ、太陽を求めて東へ向かう人々が世界中にいた。鹿島神宮は本州東端、太平洋から日が昇るところに建っている。アマテラスを守護する武神タケミカヅチを祀る鹿島神宮は、太陽神（アマテラス）と結び付いている。

　鹿島神宮の東の一之鳥居は、鹿島神宮から東方3kmほどの鹿島灘明石浜堤防前に建っている。西の一之鳥居が建つ辺りは「大船津」と呼ばれ、水運により経済や文化が栄えたところである。神話によれば、出雲で国譲りの時にタケミカヅチに同行したのが船の神様アメノトリフネ。タケミカヅチはアマテラスの守護神であり、移動の手段は船（アメノトリフネ）であったと推察できる。

　私と彼女は、「鹿島城山公園」へ登った。350本のソメイヨシノの桜のアーチが歓迎してくれた。鹿島城山公園は鹿島神宮と「西の一之鳥居」を結ぶ線上にある。小高い公園から、朱色の「西の一之鳥居」がくっきりと浮き上がって見えた。

　ここからふたりで鹿島神宮を背に夕陽を拝んだ。時刻が経過し、ふたりは神々しいサンセットスポットに出逢う。「息栖神社」へ向かう。ここだけは神宮ではない。目の前を常陸利根川が流れるロケーションに、ふたりは心を奪われた。御神体は、「忍潮井」と呼ばれる四角い井戸になっ

ていた。

　ふたりは井戸の中をのぞいてみた。井戸の底には甕が沈んでいた。それぞれ「男甕（おがめ）」・「女甕（めがめ）」と呼ばれている。2つの甕がふたりを出迎えてくれた。男甕の水を女性が、女甕の水を男性が飲むと、ふたりは結ばれるという伝承が伝えられている。男と女、陰と陽、プラスとマイナス、宇宙の原理原則が一対となって表現されていると、ふたりは感じた。

　突然、ふたつの甕から龍神が立ち上る。「雙龍（そうりゅう）」である。甕から上空へ向かって龍神のエネルギーが噴き上がった。シャワーを浴びるように、ふたりは龍神のエネルギーを全身に浴びた。これも神からの"ギフト"であると感じた。

　ふたりは三社の最後、2つ目の神宮である「香取神宮」へ向かった。楼門の前を旧参道が続く。奥宮を訪れた。ここでふたりは、「荒魂（あらみたま）」のエネルギーを感じた。鬱蒼とした木立の中へ誘う入り口が、すでに神秘的な雰囲気に満ちていた。

　古神道の言葉で「霊体」を表現すれば4つになる。

　　荒魂（あらみたま）

　　幸魂（さきみたま）

　　和魂（にぎみたま）

　　奇魂（くしみたま）

　神や人には、荒魂・和魂・幸魂・奇魂の4つの魂があり、それら四魂を「直霊（なおひ）」というひとつの霊がコントロールしている。和魂は調和、荒魂は活動、奇魂は霊感、幸魂は幸福を役割として担っている。

荒魂には「勇」、和魂には「親」、幸魂には「愛」、奇魂には「智」というそれぞれの魂の機能があり、それらを直霊がコントロールしている。簡単に言えば、「勇」は前に進む力、「親」は人と親しく交わる力、「愛」は人を愛し育てる力、「智」は物事を観察し分析し悟る力である。これら4つの働きを「直霊」がモニタリングしながら、ちょうど“良心”のような働きをする。

　例えば、「智」の働きが行き過ぎると「あまり分析や批評ばかりしていると人に嫌われるよ」という具合に反省を促す。つまり、この直霊は“省みる（反省）”という機能を持っている。さらにさらに、悪行を働くと、「直霊」は“曲霊（まがひ）”となり、四魂は邪悪に転び転落することになる。

（四魂の機能）
　勇―荒魂（あらみたま）
「勇」は荒魂の機能であり、前に進む力である。勇猛に前に進むだけではなく、耐え忍びコツコツとやっていく力でもある。行動力があり外向的な人は荒魂が強い。
　親―和魂（にぎみたま）
　2つ目の魂の機能は和魂であり、親しみ交わるという力である。その機能は1字で表現すれば「親」である。平和や調和を望み親和力の強い人は和魂が強い。
　愛―幸魂（さきみたま）
　3つ目の魂は幸魂であり、その機能は人を愛し育てる力である。これは「愛」という1字で表される。思いやりや

感情を大切にし相互理解を計ろうとする人は幸魂が強い人
である。

智―奇魂（くしみたま）

4つ目は奇魂であり、この機能は観察力、分析力、理解
力などから構成される知性である。真理を求めて探究する
人は奇魂が強い。

神や人は皆、2極の正反対の性質を持っている。神の霊
魂にも、荒魂と和魂の2つの面がある。荒魂とは神の荒々
しい側面のことを指す。この激しい魂は時に天変地異とし
て捉えられたり、疫病や災害を生むことになる。他方で和
魂は人間からすると、恵みと呼ばれるような優しい姿に映
るであろう。平和的、静的な印象を与えるのはこの性質で
ある。

これら2つの面は通常はひとつの神の中に統一されてい
るが、特別な場合に分離することがある。荒魂と和魂が分
けて祀られている神社として有名なのは「伊勢神宮」であ
る。アマテラスオオミカミは皇大神宮に和魂、荒祭宮に
荒魂が別に社を構えている。また外宮では豊受大御神が
祀られているが、荒魂は多賀宮に祀られている。その他、
伊勢神宮の別宮となる月読宮・月読荒御魂宮なども知ら
れている。

荒御魂というと怖いという印象を持ってしまうが、避け
るような神の性質ではない。古くいらなくなったものを手
放し、新しいものを生み出す強力なエネルギーと解釈すれ
ばいい。

先にも述べたが、出雲大社の境内に大国主命が海から"玉"をもらう場面の像がある。あの2つの玉は「幸魂と奇魂」である。大国主命はそれまでにすでに"荒魂"と"和魂"を持っていた。足りなかった2つの御霊を授かり完全に神体となった。大社にあるあの像はその場面を表現している（「大国主幸魂奇魂像」）。

　私も大社に参り「大国主幸魂奇魂像」の前に立った時に、上からメッセージが下りてきた。空港で突然私が叫びたくなった"oe----------"は"幸"御霊と"奇"御霊であることがわかった。幸御霊と奇御霊を言霊で表すと、"oオ"と"eエ"になることが宝物館を訪れて知る。館内の解説ビデオを偶然に目にした。アニメになっている大国主命が両手をひろげて天へ向かって"オ""エ""———"と叫んでいた。

　ここでシュタイナーの知恵を借りる。四魂を「神智学」の定義で表すと、
　①エーテル体（Etheric body）
　②アストラル体（Astral body／Emotional body）
　③メンタル体（Mental body）
　④コーザル体（Causal body／Spiritual body／Transpersonal）
になる。

　このようなエネルギー体は"波動"を出している。魂が発するエネルギーの「音」は、人の肉体の聴覚だけでは聞き分けることはできない。それよりもさらに周波数の高い音を感じ取る霊体の聴覚を駆使して「音」を聴く必要があ

る。

　周波数で四魂を表すと、

1：10Hz（アルファ波）

2：20,000〜42,000Hz

3：48,000〜66,000Hz

4：73,000〜116,000Hz

になる。

　宇宙の謎を見つけたいなら、

　エネルギー、周波数、振動の観点から考えてください

（ニコラ・テスラ）

　私と彼女は、「香取神宮・奥宮」にたどり着いた。華や
かさを一切排除したシンプルなつくりはかえって神聖に感
じた。踏み入れると今まで感じたこともないような強い神
氣を感じる。

　ふたりは上空で強く輝く“光 ひかり”をみた。まぶしく
て目をあけていられない。神の御姿であることはふたりに
はすぐにわかった。小さい頃から時折みている神の御姿で
ある。偶像ではなく“ひかりの存在”、これが神であること
をふたりは知っている。

　森の澄んだ空気の中、ふたりは心を込めてお参りした。
急に身体が軽くなる。まるで憑き物がすべてとり払われた
ように。

　香取神宮でも“要石”に出会う。ふたりは、

「ここにも……“楔”がある」

と感じた。この石は、鹿島神宮と深い縁がある。香取神宮にも鹿島神宮と同様に、オオナマズを押さえていると言われる要石があった。柵でしっかり囲われていた。要石は鹿島神宮と地下でつながっていると伝えられている。香取神宮の要石は凸型をしている。鹿島神宮がナマズの頭を押さえているのに対し、香取神宮の石は尾を押さえている。

　要石の前でふたりは語り合った。

「要石は人のココロの重しにもなってくれている」

　地球上の一人ひとりのココロの地震を押さえてくれていると感じた。憎悪、妬み、武器を売るために戦争を起こすココロを押さえてくれている。一人ひとりの小さな地震が地球全体に伝播すると、世の中にネガティブエネルギーが蔓延する。そうなってしまうと、テロ、ジェノサイド、紛争、侵略、大地震、洪水が地球上のあちらこちらで引き起こされる。幸いニッポンは平和が続いている。

「要石のお陰であるかもしれない」

　とふたりは思いながら要石を後にした。

　奥宮で出逢った神職さんより一ノ鳥居（津宮鳥居）を訪れるようにすすめられた。川の水辺の中にそれは力強く立っていた。ものすごいチカラ強さがふたりを包む。風に包まれながらふたりで古代の人々のことを思い描いた。

　鹿島神宮と同じ一の鳥居が川にある。一の鳥居ということはここがかつての香取神宮への表参道口になる。鳥居を背にすると正面方向には香取神宮の奥宮がある。香取神宮の御祭神 "経津主大神" は海路ここから上陸されたと伝えられ、往昔の表参道口に大鳥居がある。

12年に一度、午年に行われる式年神幸祭に、ここから御神輿をのせた御座船が坂東太郎を遡る。神は川からやって来る。古代には広大な内海「香取海」が面前に広がっていたはず。神は内海からやって来た。香取の神々がここから上陸した。

　ここでも"神は海から来た"。

　東国三社の後、私と彼女は都内へ戻る途中「検見川神社」を訪れた。

「夏超しの祓」をしていた。6月は1年の半分にあたる。半年の間に知らず知らずに身に溜まった穢れを落とし、残り半年の息災を祈願する神事である。

　私と彼女は"茅の輪"をくぐって厄除けを願った。旅の途中に宿を求めた素戔嗚尊を、貧しいながらも蘇民将来が厚くもてなし、その後、素戔嗚尊の言ったとおり茅の輪を腰につけていて疫病を免れたという故事に由来している。

　茅の輪をくぐった後、私と彼女は"人形"に穢れを移し、清流へ流した。ふたりで災厄を祓った。

　鳥居の前に猫が座っていた。ふたりは"神様の使い"と感じた。直前まで参拝不可能なほど雨が降っていたが、突然晴れわたった。

「何かのサイン……」

　だなぁと、ふたりは感じた。参拝すれば……"ヒント"がわかるかもしれない……と感じた。境内全体が静かだった……神様から歓迎されていると感じた。

「神様から呼ばれた……」

　と思った。境内には"素盞嗚尊"が中神殿に祀られていた。出雲の地で剣を授かった儀式とシンクロした。

「ここにも……剣が……」

　検見川神社は1200年前に建立されている。それを証明するような境内に残る古い御神木、森林に癒やされながら、ふたりは時を過ごした。魔力に近いチカラを秘めた敷地内を歩くだけで浄化された。時折、異次元の世界を通り過ぎる感覚をおぼえた。

　日本の国歌「君が代」の歌詞にある「さざれ石」が置かれている。パワーストーンとして、最高位の浄化能力があるといわれている。神秘的な石として他にも「真石」が境内にある。鬼石で採掘された"三波石"でつくられている。鬼石特産のこの石材は、"霊石"として名高い。災いを消し去る石と伝えられている。

　人類よりも早くから、石は地球上に存在している。Earthの一部といえる。石は、伝説の中で神と共に頻繁に現れる。神が降臨されたところには、たいてい石が置かれている。神にまつわる石は、すべて"楔"である。

　境内に湧き水が湧いている。水が湧くところは間違いようもなくヴォルテックスポイントである。ふたりは縁に立った時に、龍神の"氣 エナジー"を感じた。ここ検見川でも龍神がこの地の水系を司っていた。

　私と彼女は境内を進み、占い鑑定場に出会った。検見川神社には易学や占術について長年研究を重ねてきた神職がいた。氣学、八方除け、風水や氣、星読み、占星術などの

研究家である。私と彼女は、ふたりの未来とふたりが共に果たすべき"天命"を占ってもらった。

　ここで、ふたりの"天命ミッション"を知った。神社の上空に虹が現れた。ふたりは奇跡が起こる予感がした。なぜなら虹は神がコントロールしているからである。

　私と彼女の旅は、『先代旧事本紀』に記されている"杭を打つ""打たれた場所は？""その意味は？"をさぐる旅である。"楔"・杭を打たれた場所に神社がある。そこを訪れる。

　ふたりは感じる。"楔"を想起させる、直観させるところは、

　　伊雑宮、遠江の国浜名湖、久能山東照宮、東京タワー、

　　スカイツリー、日光東照宮、香取神宮、鹿島神宮、羊蹄山、首里城……

　である。

"大きなライン"、日本列島に背骨となる「線」を描く。北は羊蹄山から南は首里城まで線を引き直す。大陸までを視野に入れる。首里城のほぼ真北にある聖なる山の「白頭山」とも結ぶ。

　封印やパンドラの箱と呼ばれる対象において、楔が抜かれるたびに天変地異や大地震が起きた。過去の為政者たち、為政者たちに憑いていた陰陽師や神官たちによって、楔は打たれたり抜かれたりしてきた。

「要石」は、地下の部分が非常に大きく、決して抜くことができないと伝えられている。鹿島側は上部中央部が凹形

で、香取側は凸形をしている。ここにも"雄と雌"陰陽思想が込められている。鹿島神宮の要石と香取神宮の要石は、地下でつながっているとの言い伝えがある。この石は、"地震"を抑える石として信仰が続いてきた。昔からこの地方は地震が多く、これは地中に大なまずがいて暴れるからだと信じられてきた。鹿島と香取の両神が、要石でなまずの頭を釘のように打ち付けて動けなくした。

　鎌倉時代の伊勢暦に地震蟲の想像図が載っている。頭が東で尾が西を向いており、10本足である。目には日と月を備え、五畿七道を背の上に乗せ、鹿島大明神が要石で頭部を押さえている絵になっている。

　天変地異は地中に住む怪物蟲の仕業である。3.11東日本大震災以後も、首里城の火災、京都アニメーションの襲撃、ノートルダム大聖堂の火災、悲惨な事故や事件、台風、地震、突然の山崩れなど災害が立て続けに起きている。止まらない。現代の日本列島は日本各地で蟲が暴れていて、ニッポン人の霊性もすでに危機的状況にあるため抑えが効かない。もう一度、楔地点とニッポン人のエネルギーを高めてレイラインで楔たちをつなぎ直す。それが、私と彼女の新しいミッションになった。

　私と彼女がすがるのは……

　アマテラスでもなく、伊勢、出雲、香取、鹿島でもなく、「富士」である。

　風水の世界で地面からエネルギーが噴出しているところを"龍穴"と呼ぶ。噴出するエネルギーの大きさと山の標高は比例する。風水で考えれば、日本列島の中で一番大き

なエネルギーを地上へ出しているのが富士山になる。

　この霊峰富士山の霊力をかりて、日本列島に1本の"エネルギーライン（龍脈）"を引き直す。コンビニより多く全国に神社は残されている。全国各地に散らばっている"楔"と"神社"たちをエネルギーラインでつなぎ直す。"1本のライン"で引き直す。

　出雲神殿は、台風の目のひとつになる。「渦」のひとつになる。大きなエネルギーの渦になる。"楔"が打ち込まれたところも日本列島上の"渦ヴォルテックスポイント"になっている。神殿建設が契機になって、全国に散らばっている楔のエネルギーも高まって日本列島を揺らす。

「神殿＝起爆剤」

　出雲神殿の復興が発信源になり、日本列島に激震をはしらせる。その波動を伝播させるのが、つながれた"1本のライン"である。龍のカタチにみえるので「龍脈」とか「レイライン」と呼ばれる。出雲を震源地とする列島を揺らすほどの波動は、各地の楔から発せられる波動および、富士という「龍穴」から噴出するエネルギーとシンクロする。このムーブメントは「共振」となって……日本列島を揺さぶる。出雲神殿が発信機とすれば、全国に散らばっている"楔"は受信機である。私と彼女は、点々としている"楔"を訪ねて、出雲からの波動を受信できるように場を整える。

　ふたりで儀式を繰り返す。「剣」と「言霊」を使う。剣は素戔嗚より授かった霊石でできた"剣"である。彼女は稀代の"言霊使い"である。私がクローザーとして"楔"

に剣を突き刺すと、波動、エネルギーが整う。続いて彼女がネットワーク化するために言霊を奏上すると、エネルギーが増幅され天空へと噴き上がる。全国各地の楔から噴き上がったエネルギーと出雲の天空神殿、富士山から噴き上がったエネルギーとが"三重螺旋"になって絡み合う。まるで地球上の生物が皆持つDNAの構造のようである。

やがて全国の楔でふたりの儀式が完了すれば、日本列島を覆いつくす1本の"龍脈（レイライン）"になっていく。ヴォルテックスポイント同士のネットワーク化が完了する瞬間である。

「二所宗廟」という言葉がある。"廟"とは墓のことであるが、中国で"宗廟"というと、祖霊祭祀（先祖神の祭儀）を行う聖地（宗教施設）のことを指す。日本では、天皇家の祖神を祀った神社を「宗廟」と表現する。「二所」であるから2か所ある。言い換えれば、朝廷（天皇家）にとって最も大切な2つの神社を示す。現在の二所宗廟は「伊勢神宮」と「石清水八幡宮（＝宇佐神宮）」になっている。

天皇家の先祖神（皇祖神）は「天照大御神」である。伊勢神宮では天照大御神を祀り、日本の神社の最高格に位置づけられている。二所宗廟に含まれているのは当然のことである。はたして……「宇佐は？」である。

倭人の先祖の廟を復興するのが「天空の神殿」である。すでに講義したが、天空の神殿には"スピノザの神"や養老孟司がいう自然の中にある神的な存在を祀る。この神殿において建築家として私が表現したいことは、手つかずの祈りの場であり、日本の原風景であり、蒼茫にある一つひ

とつの小さな生命の輝きである。出雲の地、日御碕神社近くにある海底遺跡タイワ、与那国の海底遺跡も、岡本太郎の生命の樹「太陽の塔」も神殿のモチーフとする。縄文出雲族の先祖たち古代日本の人たちは、このようにして神殿をつくってきた。

いまの日本は社会の分断が進み、排外主義とポピュリズムが世間に蔓延している。基本的人権、民主主義という私たちの拠って立つ価値が足元から揺らぐ中で、不安と絶望を乗り越えて社会を再構築する一歩は、

「私たちはどこから来たのか」

を知ることから始まる。神殿の復興は、その答えを知る旅路である。日本の新しい未来の幕開けになる。これを契機にニッポン人の霊性の復活を狙う。

「劇場の幕は上がる」

エピローグ　神話の始まり

神から彼女へのメッセージ。
「ときくれば枯木とみえし
　　やまかげの
　　さくらも
　　花のさきにおいつゝ」

　私と彼女は、立ち入り禁止のテープをくぐりぬける。事件現場でしか見たことのない結界のテープが張り巡らされている。名士たちがテープカットをする前に、私と彼女は神殿に忍び込んだ。
「どうせ……いつもの感じで式が始まるんだろうなぁ……」
　為政者たちの悪い氣に汚されないうちに……その前に……
　純粋な空気感の中で「天空の神殿」を身体いっぱいに感じたいと思ってふたりは忍び込んだ。
　長崎でユタに前世の記憶を視てもらったことがある。
『ローマのコロッセオ、ギリシャの神殿のような大きなアリーナのような場所で何万人もの人の前に立っている。この大勢の人たちの前で演説あるいは講義をしている姿が視えるの、それがあなたの前世よ』
　といわれた。私は神殿の前に立ち、頭の中に浮かんだ映

像と重なった。アプローチの前に立つ。80m以上はあるなと感じた。月光がサーチライトになりふたりを照らす。満天の星空、真上には満月が出ている。

　ふたりは手をとり歩み始める。

　"蛍　ホタル"がいっせいに現れてきた。ふたりを囃（はや）すように急き立てるように、ふたりの周りをとび交う。まるで歓迎しているようだ。

　私は英霊の蛍の逸話を思い出す。知覧の名物食堂での話である。出征前に食堂の女将さんに、ひとりの特攻隊員が誓う。

「蛍になって帰ってきますから……蛍を見つけたら、僕だと思ってください」

　私は歩きながらこの逸話を彼女に話した。英霊をはじめ先祖霊たちも応援してくれている。英霊や先祖たちの魂も喜んでくれている。私と彼女はそう感じみつめあった。

　神殿の復興は始まりでしかない。

　ふたりの神話はここから始まる。

　香取神宮奥宮で彼女に下りた神からの"メッセージ"である。

「神のこゝろが天地の真理、真理を離れては生きられぬ。

　神の御心が即ち天地の真理であり、天地の真理に従うことが神の道である。吾人共に、心を清め、身を清め、汚れなき誠の心を以（もっ）て、平和で住みよい家庭、社会、国家を築くように努力しなければならない。

神に仕える天津務。家庭、社会、国家に尽くす国津務。これが神の道であり、神の真理の御光の中で、真善美の幸福を受ける道である」

　この天空の神殿にこれからの未来、どれだけたくさんの魂が刻まれていくのだろう……時空を超えて。「五色人祭り」のように……民族も超越して。どれだけの人たちの物語がおさめられていくのだろう……ドラマがどんな展開をみせるのだろう……。

　サーチライト、天空へどこまでも照らしていって……
　サーチライト、特別なふたりのこの瞬間を……

完

最後に

"生命が宿る空間" とはどんなものだろうか。

　新しい建築様式への道を求める中でどのように思考すればいいのか。

「生きることの意味を探す建築」とは、

　私たちは生まれてから死ぬまでの短い時間しか生きられないと思っている。それは自分の存在を自分の意識でしか認められないからである。でも、意識だけでは存在をつかめない。意識は存在によって支えられているからである。私たちは、この矛盾を超えたものがあると感じている。そして、そのようになりたいとさえ願っている。

　過去から未来へと続く長い生命の流れに自分を重ねてみるとき、命は一時的なものではなく、永遠のものとして見えてくる。自分の命を宇宙の運命に任せることで、海のように深く広い存在に溶け込むことができる。このような意識は、科学や哲学や宗教では説明できない。科学は自然を理解できる範囲に限ってしまう。哲学は存在を考えられる範囲に決めてしまう。宗教は神を信じられる範囲に定めてしまう。でも、それらを超越した存在は、想像力と創造力でしか表現できない。

　このとき宇宙は、魂がある一つの体になる。魂が存在を得るために意志を持つことを、"カルマ" と言う。この超越した意識は、自分で感じることしかできない秘密となる。自分の命に何が起こっているかを見つめて、それを人

に伝えて、目覚めさせて、愛と救いに尽くす人こそ、真の神秘主義者といえる。

　私たちは、自分自身や周りの人々や自然や社会や文化や歴史や未来など、さまざまな要素から成り立つ複雑な存在になってしまっている。それらすべてが私たちに影響を与えていることになる。私たちは、さまざまなものに囲まれて生きている。自分も人も自然も社会も文化も歴史も未来もすべてが私たちを作っている。私たちは、それらとどう向き合って生きるかで自分らしさや幸せさや安心感や心地よさを感じる。

　私は、「神秘建築」を創っている。「神秘建築」は、ただの空間ではなく、魂や精神が宿る空間だ。そこに住む人や訪れる人が、自分や他者や自然や社会や文化や歴史や未来という複雑な存在であることを知り、それらと超越した意識で繋がることができるように、想像力と創造力で創っている。

　私の「神秘建築」は、ただの空間ではなく、魂や精神が宿る空間だ。そこに住む人や訪れる人が、自分の内なる霊性や宇宙の精神と触れ合い、カルマや運命に従って生きることができるように、想像力と創造力で創っている。私の「神秘建築」は、人々の覚醒や慈悲や救済に貢献することを目指している。

　私は神秘建築家だ。

　幼いころから陰陽師に憧れて修行した。大学で建築や都市論を学んだ。大学院生の時シュタイナーの思想に出会って「神秘建築」に目覚めた。"和製シュタイナー"として

アート・デザイン活動を始めた。国内外で様々な建築やまちづくりやプロダクトデザインに携わった。宇宙の精神と人間の内なる霊性を基礎として、近代社会の問題を克服するための調和を探る。ただの神秘思想ではなく、教育や農業や建築や治療などの実践的なノウハウを確立することをめざしている。

「神秘建築」ではただ美しい形だけではなく、その背景にある精神的な価値やエネルギーも重視する。

「神秘建築」ではただ便利さだけではなく、その影響する環境や社会も考慮する。

「神秘建築」ではただ個人的な好みだけではなく、その共有する文化や歴史も尊重する。

「神秘建築」ではただ物質的なレベルだけではなく、その魂的・精神的・超越的なレベルも表現する。

和製シュタイナー　ヒグチノブユキ

あとがき

「天空の神殿」をお読みいただきありがとうございます。

　この物語は、ぼくが子供の頃に体験した不思議な出来事と、2022年の6月に訪れた出雲大社で受けた“啓示”から生まれました。

　ぼくはある日、空中へ放り出されて、“幽体離脱”するような感覚に陥りました。そのときぼくは、雲海の中に出雲神殿の姿を見ました。出雲神殿は、日本最古の神社であり、神々の住まう場所とされています。ぼくは、その神殿に魅了されました。でも、その神殿は、地上には存在しませんでした。

　2022年の6月に、ぼくは出雲大社を訪れました。そこで、驚くべき“啓示”を受けました。
「草薙の剣を授ける」と、
「出雲神殿の復活に剣をふるえ！」という言葉でした。
　草薙の剣とは、日本神話に登場する三種の神器の一つであり、天下泰平をもたらすと言われる剣です。ぼくは、この啓示が何を意味するのかわかりませんでした。そこでぼくは、この物語の主人公たちをつくりました。

　彼らは、出雲大社で出会った二人です。一人は、神殿を建てることに夢中な神秘建築家です。もう一人は、和装が

似合う美しい女性です。彼らは、何か運命的な縁を感じます。そして、彼らは、天空の神殿を探す冒険に出ます。天空の神殿は、天国への階段とも呼ばれる伝説の建造物です。ぼくは、この物語で、その伝説を再現しようとしました。

　この物語では、彼らがさまざまな島々や海底遺跡を巡りながら、ラピュタのような空中神殿に近づいていきます。彼らは導かれるように、さまざまな場所を旅します。そしてついに空中神殿に到達しますが、そこで彼らを待っていたものは……。

　ぼくは、「出雲神殿」という架空の建築物を中心にした物語を書き上げました。

　この物語を書くにあたって、様々な神殿や聖地を訪れ、その場所がもつ自然の力を体感しました。アボリジニーが信じる虹の蛇や創造を司るスピリット、山や島や雲や風景に宿る神々、過去の文明や文化が残した遺跡や伝統などです。それらは、ぼくにとって魅力的で刺激的でスピリチュアルな体験ばかりでした。それらを自分なりに解釈し、想像し、創造し、それらを「出雲神殿」という一つの形にまとめました。

　しかしぼくは、それらを正確に再現することには興味がありませんでした。それらを自分の物語のために利用することにも抵抗がありませんでした。ぼくは、それらを自分の言葉で表現することにこだわりました。そして、それらを自分の感性で捉えることに挑戦しました。ぼくは、それ

らを自分の世界観でつなげることを楽しみました。

　この物語はぼくが書いたものですが、ぼくだけのものではありません。この物語は、読者の皆さんが読むことで、初めて完成するものです。

　読者の皆さんが、この物語を読むことで、出雲神殿という建築物が現実になるかもしれません。

　読者の皆さんがこの物語を読むことで、出雲神殿という「物語」が生きるかもしれません。

　読者の皆さんがこの物語を読むことで、出雲神殿という「幻想」が共有されるかもしれません。

　この物語は、ぼくから読者の皆さんへの贈り物ですが、読者の皆さんからぼくへの贈り物でもあります。この物語は、ぼくたちが出会うための媒介です。この物語は、ぼくたちが交流するための道具です。この物語は、ぼくたちが共感するための手段です。

　この物語を書くことは、ぼくにとって楽しくて苦しくて幸せな時間でした。この物語を読むことが、読者の皆さんにとってもそうであれば嬉しいです。

　この本を書くにあたって、出雲という場所に強く惹かれました。出雲は、日本神話に登場する神々が集まる場所であり、古代から日本人の精神的なルーツとなっています。しかし、「出雲神殿」そのものの実体はほとんどわかっていません。出雲神殿は、何度も破壊されたり再建されたりしてきた歴史を持ち、現在の姿は元の姿とはかけ離れているかもしれません。

それでも、ぼくは出雲神殿には何か特別な力があると感じました。それは、日本人だけでなく、世界中の人々に影響を与える共通する力です。ぼくは、出雲神殿を中心に展開する物語を描きました。その物語は、現実と空想と幻想が入り混じったものです。ぼくは出雲神殿を再び蘇らせることができると信じています。そのためには出雲神殿に対する新しい視点や解釈が必要です。ぼくはその一つの可能性として、アボリジニーが信じる"虹の蛇"という概念を取り入れました。"虹の蛇"とは、大地の底から空中に立ち上がったエネルギー体であり、創造を司るスピリットです。出雲神殿もまた、日本神話をベースにするグレートスピリットの現れだと考えました。

　ぼくはこの物語で、出雲神殿を建てる場所に潜んでいる自然の力を最大化する方法を探りました。その方法とは、自然の呼吸に合わせて出雲神殿を設計することです。出雲神殿が建つ場所において、浮力の場を生成し、天体を呼びよせることです。出雲神殿が醸し出す"空気"を設計することです。その場所で、風を起こし風の音を聴くことです。建築物において聖なる方向を設定することです。出雲神殿は"新しい地形"となり"宇宙への門"となります。四神相応の里を守護する山の姿に似せて出雲神殿をつくることです。

　ぼくはこの物語で、出雲神殿に関わる人々の物語も描きました。その人々は、逃亡者や開拓者や訪問者や建築家や死者や生者です。彼らはそれぞれに異なる理由や目的や夢

や願いや恐れや希望や絶望を持っています。彼らは出雲神殿という場所に惹かれ、影響され、変化していきます。彼らは自分たちの文化や伝統や信仰や価値観を持ち込み、出雲神殿に反映させます。彼らは出雲神殿を"楽園"とも"地獄"の場とも呼びます。彼らは出雲神殿と共に生き、死者と共に生きます。

　ぼくはこの本で、出雲神殿という場所がもつ力を表現しようとしました。その力とは"共同幻想"です。"共同幻想"とは、あらゆるものをつくりあげてきた人間の創造力です。ある場所の伝統は他の場所の伝統でもあります。大きな仕掛けは大きな構想を支えます。多くの人々が好むものは不動なるものではなく、絶えざる変化や展開です。人には高貴なるものは必要ないが、神聖なるものがなかったら人の生活は成立しないです。遠い昔に、今考えているような出雲神殿の復活を、誰かが考えたことでしょう。

　ぼくはこの物語を書くことで、出雲神殿に対するぼく自身の"共同幻想"を表現しました。それはぼくだけのものではありません。この物語を読んでくださった皆さんも、出雲神殿に対する自分自身の"共同幻想"を持っていることでしょう。ぼくはそれを知りたいです。それを聞きたいです。それを見たいです。それを感じたいです。

──出雲神殿は、ぼくたちに何かを語りかけています。それは何でしょうか？

　出雲神殿という建築物がどのように見えるのか、想像し

てみました。

　ぼくは、出雲神殿という建築物が、自然と調和し、人間と交流し、神々と繋がるような、不思議で美しいものだと思います。出雲神殿という建築物が、物語の中でどのような役割を果たすのか、知りたくなりました。そして、出雲神殿という建築物が、読者の心にどのような印象を残すのか、期待しています。

――あなたは、出雲神殿という建築物について、どう思いますか？

　物語と建築が密接に関係しています。出雲神殿は、物語の主人公でもあり、舞台でもあり、テーマでもあります。出雲神殿は、物語の展開や登場人物の運命や読者の感情に影響を与えます。出雲神殿は、物語の中で生きているような存在です。ぼくは、出雲神殿という建築物に魅了されました。

――あなたは、出雲神殿という建築物にどんな想いを抱きますか？
――あなたは、出雲神殿を設計することについて、どう感じていますか？

　ここに、ぼくのメモがあります。出雲神殿の『設計指針』に関わるものです。

（MEMO）

- アボリジニーが信じる"虹の蛇"、虹は、大地の底から空中に立ち上がったエネルギー体と信じている
- 創造を司るスピリットがある
- 出雲神殿は、日本神話をベースにするグレートスピリットの現れ
- 出雲神殿は、日本神話をベースにするサムシンググレートの現れ
- 場所には力がある
- "共同幻想"だけが、あらゆるものをつくりあげてきた
- ある場所の伝統は他の場所の伝統でもある
- 大きな仕掛けは大きな構想を支える
- 多くの人々が好むものは不動なるものではない、絶えざる変化であり展開である
- 人には高貴なるものは必要ないが、神聖なるものがなかったら人の生活は成立しない
- 遠い昔に、今考えているような出雲神殿の復活を、誰かが考えた
- 逃亡者たちは"楽園"をつくる
- 開拓者たちは自分たちの文化を理想化して移植する
- 訪れてくれる人のために工夫する
- 出雲神殿を建てる場所に潜んでいる、自然の力を最大化する
- 死者と共に生きる
- 自然の呼吸に合わせて出雲神殿を設計する
- 出雲神殿が建つ場所において、浮力の場を生成する、そ

して、天体を呼びよせる

- 出雲神殿が醸し出す"空気"を設計する
- 風を起こす、風の音を聴く
- 聖なる方向を設定する
- 出雲神殿は、"新しい地形"である
- 出雲神殿は、"宇宙への門"である
- 山の姿に似せて、出雲神殿をつくる
- 不思議なことに、いずれの神殿も島（マウント）である
- 樹木にエネルギーを吸い取られないように緊張感をもって、出雲神殿を設計せよ
- 過去の記憶が、出雲神殿の建築の様相を決めることもある
- 鳥は、出雲神殿の建築の友である
- 不定形であること、透明であること、光を映し出すこと、不断に変化すること、境界が定かでないこと、そうしたことを、雲は教えてくれる
- また、ひとつとして同じ雲はない、それゆえ、出雲神殿を、雲に例えることができる
- 陽炎のように、出雲神殿を設計せよ
- 独自の佇まいを誘起するような仕掛けを、出雲神殿に盛り込め
- 様々な境界に対し、意を払うように、出雲神殿を設計せよ
- 風景に、出雲神殿が現れるように、設計せよ
- 境界であって境界ではない、閾に注意して、出雲神殿を設計せよ

- 禁忌の領域が、出雲神殿を保存する
- 遠くから辺りに溶け込む姿になるように、出雲神殿を設計せよ
- 近くでは辺りから際立つ姿になるように、出雲神殿を設計せよ
- 出雲神殿の内部から外が見えるように、外からは神殿の内部を見せないように設計せよ
- 時間にせよ、空間にせよ、変化が小刻みであるように、出雲神殿を設計せよ
- 出雲神殿では、人影がない場所ができるように設計せよ
- 出雲神殿への偏愛や執着の強度が、幻想的な様相を誘導するように設計せよ
- 色々な形が次から次へと出現するように、出雲神殿を設計せよ
- 空中を歩くように、出雲神殿を設計せよ
- 場所の色、その変化を捉えるように、出雲神殿を設計せよ
- 事物が感応し合うように、出雲神殿を設計せよ
- 出雲神殿は、容器としてのシンボルである、その意味からも、出雲神殿が自然を映し出すように設計せよ
- 出雲神殿は、新たなる地形であり、それゆえに、場としての空間のシンボルになるように設計せよ
- 出雲神殿は、全ての混乱を治める、それゆえ、出雲神殿が共同体の象徴となるように設計せよ
- 出雲神殿は、"世界軸"であり、言語とものが和解する装置になるように、出雲神殿を設計せよ

- 出雲神殿自体が、風景の上から自然に対する装飾になるように設計せよ
- 出雲神殿の殆どの部分は動かないように、全ての開口部が世界に続くように設計せよ
- 出雲神殿では、いかめしい門をつくらないように設計せよ
- 出雲神殿内に、様々な流れができるように設計せよ
- 共同体の制度を表現するように、出雲神殿を設計せよ
- 空気が自由になるように、空気がカオスになるように、出雲神殿を設計せよ
- 出雲神殿が、記憶の箱になるように設計せよ
- 出雲神殿は、世界の始点であり、終点になるように設計せよ
- 神殿の数だけ「世界」がある、出雲神殿もそうなるように設計せよ

　出雲神殿を設計することは、簡単なことではありません。出雲神殿を設計することは、自然や神話や文化や歴史や人間や神々など、様々な要素を考慮しなければなりません。出雲神殿を設計することは、創造力や想像力や感性や知識や技術など、様々な能力を発揮しなければなりません。出雲神殿を設計することは、物語の作者であるぼくの個性やビジョンやメッセージなど、様々なものを表現しなければなりません。ぼくが出雲神殿を設計することは、ぼくにとって挑戦であり、楽しみであり、達成すべきミッションであると思います。ぼくは、建築家として、日本の

未来、将来のために、出雲神殿を復元したいと思っています。それはこれからのぼくの目標です。出雲神殿は、日本の神話や文化や歴史や自然に根ざした建築物です。出雲神殿は、日本のアイデンティティや価値観や美意識を表現する建築物です。出雲神殿は、日本の人々にとって、意味のある建築物です。

——あなたは、出雲神殿を復元することについて、どう思いますか？

　この物語を書いたのも、出雲神殿を復元するための一つのプロモーションです。この物語を原作にして、新海誠さんに映画化してほしいと考えています。そうなれば、多くの人たちの関心を集めることができます。そのブームを利用して、一気に建築プロジェクトを進めたいと画策しています。それは、大胆で野心的な計画かもしれません。
　新海誠さんは、日本を代表するアニメーション監督であり、『君の名は。』や『天気の子』などのヒット作を手がけています。新海誠さんは、建築や風景に対する造詣が深く、出雲神殿というテーマにも興味をもってくれることを信じます。『すずめの戸締り』の続編として、ぼくのこの物語を原作にして映画化してほしいと考えています。それは大きな野望です。『すずめの戸締り』は、新海誠さんの最新作であり、日本だけでなく世界中で高い評価を受けています。この映画は、ファンタジー・アドベンチャーであり、すずめと草太という二人の少年少女の成長と冒険と恋を描

いています。

　ぼくのこの物語は、『すずめの戸締り』の続編として、どのように展開していくのでしょうか。

　ぼくの物語の中では、出雲神殿を復活させるために奔走する建築家が主人公です。『すずめの戸締り』の内容ともとても多くのシンクロがありました。それは、驚くべき偶然でした。ぼくの物語と『すずめの戸締り』は、神話という共通のテーマをもっています。だから、様々な知識や情報や感動を共有できるかもしれません。そして、ぼくと新海誠さんの想いやビジョンやメッセージが重なるかもしれません。ぼくの物語が『すずめの戸締り』の続編として映画化されることを夢見ています。

――あなたは、ぼくの物語が『すずめの戸締り』が続編として映画化されることについて、どう感じますか？

　ぼくは、出雲神殿を復活させるために、大きな一歩になると感じています。それは、ぼくの目標です。出雲神殿を復活させることは、日本の神話や文化や歴史や自然を再発見することです。出雲神殿を復活させることは、日本のアイデンティティや価値観や美意識を再定義することです。出雲神殿を復活させることは、日本の人々にとって、意義のあることです。

　新海誠さんが好きなアニメは、

――『とらドラ！』新海誠さんは、この作品について「キャラクターの心理描写が細かくて感情移入しやすい」

と評価しており、声優の釘宮理恵さんを好きな声優の1人に挙げています。

――『もののけ姫』新海誠さんは、この作品について「宮崎駿監督の作品の中で一番好き」と述べており、自身の作品『星を追う子ども』にも影響を受けたと語っています。

――『エヴァンゲリオン』新海誠さんは、この作品について「衝撃的だった」と回想しており、自身の作品『ほしのこえ』にも影響を受けたと語っています。

――『ドラえもん』新海誠さんは、この作品について「子供の頃から大好き」と述べており、自身の作品『天気の子』にも登場させたと語っています。

ぼくは、新海誠さんが好きなアニメについて共感できます。とてもよく理解できます。ぼくがこの中で一番好きなのは『もののけ姫』です。もののけ姫は、自然と人間と神々との関係を描いた壮大なファンタジーであり、美しい映像と音楽とメッセージが心に響く作品です。日本の神話性、ファンタジーさを感じます。

テーマも人間と神々、人間が壊してきてしまった日本古来の里山環境が物語の奥底にあります。山の神が怒り人間が暮らす里へ攻めてきたシーンがありますが、山の神は人間によって傷つけられた自然の怒りを表しています。人間は自然との調和を失ってしまったことを悔やむべきです。そのシーンは、もののけ姫のテーマを象徴しています。ぼくは、そのシーンが印象的だと思います。人間の罪深さについてあらためて考えさせられました。人間は自然を破壊したり神々を無視したり争ったりすることで罪を犯してし

まうことがあります。人間は自然や神々や他者との関係を見直す必要があります。そのシーンは、人間の罪深さについてあらためて考えさせられるシーンです。

　この物語は、ぼくが心から愛するファンタジーの世界です。読者の皆さんにも、主人公たちと一緒に夢と冒険の旅をしていただきたいと思っています。そして、ぼくが見た出雲神殿や受けた啓示の意味を感じていただければ幸いです。
　最後になりましたが、この物語を書くことができたのは、多くの方々のおかげです。ここに心から感謝を申し上げます。ありがとうございました。
　出雲神殿は、日本神話をベースにしたグレートスピリットやサムシンググレートの現れです。出雲神殿は、日本古来の信仰や文化を伝えるだけでなく、他国や他民族とも深い関わりがあることを示しています。出雲神殿は、日本だけでなく世界に向けてメッセージを発信する場所です。この物語を読んでくださった方々にも、太陽の塔や出雲神殿の魅力やメッセージが伝わっていれば幸いです。そして、完成した暁には「出雲神殿」を訪れてください。

　ぼくたちは、そこで出逢えるかもしれません。

2023年7月
ヒグチノブユキ
遠江の国

この物語はフィクションでもあり、ノンフィクションでもあります。
読者のみなさまの想像するお力に委ねます。

著者プロフィール

ヒグチ ノブユキ

神秘建築家。一級建築士／まちづくりプランナー。
幼少の頃にスカウトされ、陰陽師に師事し、中学生の頃より本格的に修行がはじまる。
大学および大学院で建築、都市論を学ぶ。シュタイナーと出会い「神秘建築」にめざめる。"和製シュタイナー"になるべくアート・デザイン活動を開始する。
国内外の公共建築の設計・まちづくり・プロダクトデザインに従事する。宇宙の精神と結びついた人間の内なる霊性を基礎とし、また現代社会の諸問題の克服に向けた調和への道筋を探るため、たんなる神秘思想ではなく、教育・農業・建築・治療といった実践のノウハウの確立をめざしている。
著書『ぼくの神秘建築　幸せを引き寄せる家づくり』(2022年、文芸社)

※この書籍の印税は、「出雲神殿」を復元するための基金の一部として活用させていただきます。

天空の神殿　タワー・オブ・ザ・サン　太陽の塔の下で

2023年10月15日　初版第1刷発行

著　者　ヒグチ ノブユキ
発行者　瓜谷 綱延
発行所　株式会社文芸社
　　　　〒160-0022 東京都新宿区新宿1−10−1
　　　　　　　　電話 03-5369-3060 (代表)
　　　　　　　　　　　03-5369-2299 (販売)

印刷所　図書印刷株式会社

ISBN978-4-286-24444-0